凤凰枝文丛

孟彦弘 朱玉麒 主编

己亥随笔

顾农 著

凤凰出版社

图书在版编目（CIP）数据

己亥随笔 / 顾农著. -- 南京 : 凤凰出版社,
2021.6
（凤凰枝文丛 / 朱玉麒，孟彦弘主编）
ISBN 978-7-5506-3425-1

Ⅰ. ①己… Ⅱ. ①顾… Ⅲ. ①随笔－作品集－中国－
当代 Ⅳ. ①I267.1

中国版本图书馆CIP数据核字(2021)第083121号

书　　　名	己亥随笔
著　　　者	顾　农
责 任 编 辑	单丽君
书 籍 设 计	徐　慧
出 版 发 行	凤凰出版社(原江苏古籍出版社)
	发行部电话 025-83223462
出版社地址	江苏省南京市中央路165号，邮编:210009
出版社网址	http://www.fhcbs.com
照　　　排	凤凰零距离数字印前中心
印　　　刷	苏州市越洋印刷有限公司
	江苏省苏州市吴中区南官渡路20号　邮编:215104
开　　　本	880毫米×1230毫米　1/32
印　　　张	10.375
字　　　数	208千字
版　　　次	2021年6月第1版
印　　　次	2021年6月第1次印刷
标 准 书 号	ISBN 978-7-5506-3425-1
定　　　价	68.00元
	(本书凡印装错误可向承印厂调换,电话:0512-68180638)

顾 农

1944年生,江苏泰州人,1966年毕业于北京大学中文系文学专业,后为扬州大学文学院教授,现已退休。以研究汉至唐文学、鲁迅学为主,主要著作有《魏晋文章新探》《文选论丛》《从孔融到陶渊明》《与鲁迅有关》《诗人鲁迅》《听箫楼五记》等十余部。另有论文、札记及散文、随笔多篇。

弁　言

"凤凰台上凤凰游",是李白《登金陵凤凰台》之诗句,昔年我江苏古籍出版社立足南京、弘扬文史,而更名所由也。

"碧梧栖老凤凰枝",是杜甫《秋兴八首》所吟咏,今日我凤凰出版社为学林添设新枝,而命名所自也。

30多年来,凤凰出版社围绕中华传统优秀文化,彰显传承文明、传播文化、服务大众、贡献学术的出版理念,坚持以整理出版中国文、史、哲古籍及其研究著作为主的专业化方向,蒙学界旧雨新知之厚爱、扶持,渐已长成"碧梧",招引了学界"凤凰"翩然来栖。箫韶九成,凤骞凰翔!嘤其鸣矣,求其友声!

"凤凰枝文丛"是本社与学界同人共同打造之文史园地,除学术研究论文外,举凡学人往事、经典品评、学术札记之文化随笔,旧学新知,无所不包。是作者出诸性情而诗意栖息之地,读者信手撷取而涵泳徜徉之处。

"凤凰鸣矣,于彼高冈。梧桐生矣,于彼朝阳。"

愿"凤凰枝文丛"成为我们共同的文化家园。

2019.5.22

引言

近年来我多写随笔。这一文体特别自由,内容、篇幅、写法皆无一定之规。欧洲的随笔(Essay)大约肇始于蒙田、培根,中国的随笔则古已有之,唐宋以后称为笔记,明朝人多有小品,"五四"以后随笔杂文尤其繁荣,鲁迅、周作人兄弟的文字都是我爱读的。

陶渊明诗《移居二首》其二中有两句道:"相思则披衣,言笑无厌时。"随笔就是同读者说说笑笑的闲谈。己亥年是我收拾家底,结束旧时工作、准备专门去高卧养老的一年,随笔不免更发表得多了一点。兹选取十来万字编为一小册子,请同道随便看看玩玩,如肯赐教,则尤其高兴而且感谢了。

顾 农
2020年4月于扬州西门外

目录

001 引言

第一辑 古典新义

003 什么是"文献"

007 古典诗学三题

014 留在大城市还是回老家去?
　　——从汉末古诗分析游子的奋斗、苦闷与抒情

032 古诗《东城高且长》是拼合而成的吗?

037 《陶渊明集》导读

052 陶渊明名句谈丛

070 陶渊明未作游庐山诗

072 谢灵运如何走向山水诗及其开辟的浙东旅游路线

086 关于南朝作家谢惠连

097 两首《木兰诗》的异同

- 104 关于《李波小妹歌》
- 106 打油诗的先驱崔巨伦
- 108 唐太宗与唐高宗
- 110 "日暮倚修竹"
- 112 倔强的诗人刘禹锡
- 118 重读杜牧《泊秦淮》
- 129 唐诗笔记二则
- 137 两宋理学诗
- 144 苏轼的想得开
- 149 前后《赤壁赋》问题
- 151 《子不语》中的"据实书之"
- 154 清代三大词人
- 162 从"封狼居胥"说到《封燕然山铭》
  ——辛德勇先生新书读后记
- 169 文学史后台研究的一大收获
- 175 无所不谈的题跋
  ——读整理本《五十万卷楼群书跋文》
- 181 向儿童传递传统文化的有益尝试
  ——喜读《童心萌蒙绘——传统文化里的中国精神》

第二辑　鲁海偶拾

- 189　鲁迅学笔记八题
- 216　《朝花夕拾》后续诸文
- 228　重读鲁迅《野草·雪》
- 235　鲁迅写给日本友人的几首旧体诗
- 243　值得关注的"经学生活"
- 249　鲁迅论孔融
- 252　东林何以为党
- 254　周作人文校勘举例二则
- 258　周作人关于鲁迅的三部书

第三辑　书边杂写

- 265　书房的"来龙去脉"
- 269　过去忙年是穷忙
- 272　数易其稿是必须的
- 274　"有智者寿"
- 276　皇帝和状元
- 278　墨宝
- 280　学术疲劳

282　杨绛的《称心如意》
288　与时俱进的老派才子周瘦鹃
　　　　——汇编本《花花草草》读后记
296　"老中医"
298　吃罢鸡蛋一地鸡毛
301　忘我的高仿
303　有错就改，改了就好
304　舒芜批评白居易不伟大的一面
310　肃静回避
312　修改旧稿的难处
314　养生无道
316　两句骂人的老话
319　关于"长编"

第一辑 古典新义

什么是"文献"

"文献"一词,最早大约是孔子使用过的,他说:

夏礼,吾能言之,杞不足征也;殷礼,吾能言之,宋不足征也。文献不足故也。足,则吾能征之矣。(《论语·八佾》)

与此相关的是《礼记·礼运》中的一段话:

言偃复问曰:"夫子之极言礼也,可得而闻欤?"孔子曰:"我欲观夏道,是故之杞,而不足征也;吾得《夏时》焉。我欲观殷道,是故之宋,而不足征也;吾得《乾坤》焉。《乾坤》之义,《夏时》之等,吾以是观之。"

可知孔子为了研究历史上夏、殷两朝的文化,特别是有关的典章制度（礼），专门跑到这两个王朝的后裔那里（周初封夏禹的后代于杞，商汤的后代则集中于宋）去查找资料，访问贤人，以便取证；但是他觉得这两处的资料都严重不足，只是各找到一本书，所以自己的有关结论不容易得到证据的全面检验与支持。朱熹为前引《论语·八佾》那一段话作注释，简要地指出：

> 杞，夏之后；宋，殷之后。征，证也；文，典籍也；献，贤也。言二代之礼，我能言之，而二国不足取以为证，以其文献不足故也。文献若足，则我能取之，以证吾言矣。

他的解释应当是可信的。上古时代书面材料固然很重要，但那时用文字固定下来的材料不算很丰富，许多资料只是口耳相传，所以"献"——博闻详记道德高尚的人——就显得十分重要了。这种情形到后来也还有，例如经过秦火之后，大量的典籍被烧掉了，"文"不容易找到，所以汉初要繁荣文化事业，就必须请出伏生一类老先生（"献"）来，请他们背诵古书，并派出专人记录下来，诚恳地向他们学习。

司马迁为写《史记》，固然要查档案图籍，同时也跑了很多地方，采集民间的传说，他也是兼顾了"文"和"献"两个方面。到很晚的时候，见多识广德高望重的人还被称为"耆献"。随着文明的进步，书面材料越来越丰富，口耳相传的意义大为下降，于是本来是并列结构的"文献"一词，渐渐变成一个偏义复词，意思偏在"文"的一边。现在人们提起"文献"来，大体上相当于"图书资料""文本"，一般不多涉及贤人那一层了。

但是现在人们很重视口述史、访谈录，然则"献"的重要性，其实也并没有完全被忽略。

"献"字还有另外一个义项，就是指器物。流传至今的前代重要器物（例如各种礼器之类），现在称之为"文物"，也是研究古代问题的重要材料。人们现在十分重视出土文物，强调研究的二重证据法。如果这样来理解"文献"，那就应当是指文字资料和实物资料。《辞海》解释"文献"为"指有历史价值的图书文物"这个提法就是兼顾"文"和"献"两方面的。

"文献"是我们研究各种问题的出发点；而关于文献本身，也有许多知识，例如文献的形态、真伪、优劣、典藏、类别、诠释、检索等等，这就是所谓"文献学"，从事古籍整理、考古学的人们必须把这些知识掌握得很到家，才能工作。只是阅读和利用图书文物的人，主要任务固然是运用文献中的有关材料来解决自己研究的问题，但正因为如此，有关文献学的知识也得知道一个大概，这样才能找到门径，少走弯路，提高效率，处在比较自觉而不是乱读书的状态。

读书人不懂文献学就很容易乱读书，而乱读书与不读书其实是一对难兄难弟。

文献学是一门专门的学问，有不少人终身从事，他们的成果值得我们好好学习。除了普通文献学（这里的"普通"是一般的意思，相当于心理学中的普通心理学或语言学中的普通语言学等等）之外，还有结合某一专业的特殊的文献学，例如"历史文献学""文学文献学"等等，还可以分得更细致一些，我们可以根据自己的实际需要，选读有关的著作。

原载《中华读书报》2019年1月23日第15版《国学》

古典诗学三题

诗可以群

孔子说:"小子何莫学乎诗?诗可以兴,可以观,可以群,可以怨。迩之事父,远之事君,多识于鸟兽草木之名。"(《论语·阳货》)

通过学习懂得诗歌,有这么多意义和作用。中国古人不大讲究个人独立的存在,而特别重视如何把自己安顿在群体之中,也就是处理好各种人际关系,活得顺顺当当的。这里有君臣、父子、夫妇、师生、朋友等不同的层面,诗歌有助于安顿这些关系。

孔子思想的核心是"仁","仁者爱人",所以无论写诗读诗都足以培养爱心。"君子以文会友,以友辅仁"(《论语·颜渊》),从事于诗,归根结底是为了爱,爱君王,爱父母,爱配偶,爱老师,爱朋友,处处为他们着想,尽自己的力量为他们做好事。人人都成为这样的君子，社会就一定是稳定和谐的，这样的世界将无比美好。所以古代多有讴歌圣君贤相的诗，有歌颂清官的诗。当然也会有批评，有讽谏，但那是属于"诗可以怨"的范畴了。

古代诗歌里又多有讴歌祖先的作品，有表达孝心的篇章。为老师唱的赞歌亦复甚多。即使父母、老师有什么弱点，作为子女、学生，在诗文里一般不涉及这些负面的东西。

"诗可以群"中最常见的是亲人朋友之间写给对方的诗，其内容几乎可以涉及人生的所有方面，赠答、送别、怀念、哀悼等尤为多见。这些题材的作品在历代诗歌里占了相当大的比例，名篇迭出，传诵极广，例如下列诸诗——

曹植《赠白马王彪》

嵇康《赠秀才从军》

刘琨《重赠卢谌》

陶渊明《答庞参军》

陶渊明《赠羊长史》

谢朓《暂使下都夜发新林至京邑赠西府同僚》

王勃《送杜少府之任蜀川》

孟浩然《夏日南亭怀辛大》

王昌龄《芙蓉楼送辛渐》

王维《送元二使安西》

李白《黄鹤楼送孟浩然之广陵》

李白《哭宣城善酿纪叟》

杜甫《赠卫八处士》

杜甫《春日忆李白》

杜甫《又呈吴郎》

如此等等,举不胜举。读这些充满人情味的好诗,全都令人感到很温暖,觉得活在这个世界上是很有意义的。此即所谓"诗可以群"也。

比 兴

诗人们写诗往往不高兴直说,而多用"比兴",即比喻象征一类手法,这样来抒情达意才能够曲折多姿,更有味道。与此相应的,则是说诗者的工作之一,就是要分析说明这些"比兴"之下的深层涵义,帮助一般读者来正确地理解和欣赏这些作品。

以"比兴"论诗是许多诗论家十分关心的事情,各种诗话以及涉及诗歌的其他文本中谈论此义的条目甚多,这方面还有专著,如清人陈沆有一本著名的《诗比兴笺》,而在此之前常州词派的张惠言的《词选》,大讲"意内而言外",即已专门以"比兴"论词,产生过很大的影响。

以"比兴"论诗的种种议论中多有理论精华，其中种种概念、术语、命题，大可成为重建中国本土文学批评和文学史话语的一大矿藏。例如刘勰在《文心雕龙·比兴》中说，"写物以附意"为"比"，而"起情故兴体以立"。这样来讲比兴的差别相当深刻。又如宋朝人李仲蒙说："索物以托情谓之比，情附物者也；触物以起情谓之兴，物动情者也。"（胡寅《斐然集》卷十《致李叔易》引）则分疏尤为清晰。由此可知有两种创作路径，一是"情—物"，一是"物—情"。虽然在实际的创作思维中不容易分得十分清楚，但是把主题先行与在生活中先有所见然后才进入创作这样两条路径加以区分，仍然是很有意义的。

朱自清先生的《诗言志辨》一书中有一节专讲《比兴论诗》，其中提到中国古代诗歌的几大类型：

咏史之作以古比今

游仙之作以仙比俗

艳情之作以男女比主臣

咏物之作以物比人

这就是一个关于部分诗歌类别很好的说明和总结。

凡是好的主意往往容易被扩大化，以"比兴"论诗在实际运作中也容易因扩大化而疑神见鬼，穿凿附会，正如黄侃先生所说："一卷之诗，不胜异说。九原不作，烟墨无言，是以解嗣宗（阮籍）之诗，则首首致讥禅代，笺少陵（杜甫）之作，则篇篇系念朝廷"（《文心雕龙札记·比兴》），把许多好好的诗都解释成谜语的样子。李商隐的命运亦复如此，处处是牛、李党争引发的感慨；陶渊明的遭遇在某种程度上也是如此，许多诗篇被认为皆关乎因晋宋易代而产生的"忠愤"。在重建"比兴"话语时，务必要扬弃那种"过犹不及"的扩大化路径，把以"比兴"论诗纳入客观理性、具有可操作性的河床里去，总之应成为一条滋润文学研究的大河，而不至于泛滥成灾。

流 水 对

中国古代的皇宫、衙门、庙宇，以至于大户人家的住宅，其中的主要建筑物都是左右对称的，显得整齐、稳定、端庄、气派，看得人心态平和，肃然起敬。这就是对称的好处。但是一到御花园、后花园、皇家园林、私家园林，其中的亭台楼阁、池沼假山，就几乎没有一处是讲究对称的了——这里体现了一种赏心悦目的自然之美。

对称是一种美，到处都对称则是大冒傻气。

中国古代的诗歌很讲究对仗，律诗中间的两联即第三四句、第五六句，更是非对仗不可；而开头的两句、结尾的两句则不要求对仗。这无非是要在同一首诗中兼取两种美，而不陷入单调。绝句里也常常看到有两句对仗，另两句则不对仗的，意思也是如此。

不仅如此，在对仗的部分也会动些脑筋，防止刻板。

一般的对偶句，其上下两句对应的字总是词性相同而平仄相反的，例如李白的《夜下征虏亭》诗云：

船下广陵去，月明征虏亭。山花如绣颊，江火似流萤。

李白坐夜航船离开南京要到扬州来，只见月光下山花烂漫美丽如少女的面颊，江上的船火在快速地移动中，则宛如流动的萤火——这后两句就是很工整的对句。

太工整的对偶句也不宜老是使用，而且即使是对偶也要让它有飞动之势。这里的一大窍门是让形成对偶的上一句（或称"出句"）意思不要完全独立，要在添足下一句（或称"对句"）以后才能彻底站稳——上下句形成一种流动的态势，这就是所谓"流水对"了。

这种"流水对"中颇多佳句，试举出几联来看——

行到水穷处，坐看云起时。

——王维《终南别业》

即从巴峡穿巫峡，便下襄阳下洛阳。

——杜甫《闻官军收河南河北》

野火烧不尽，春风吹又生。

——白居易《赋得古原草送别》

尘世难逢开口笑,菊花须插满头归。

——杜牧《九日齐山登高》

王维或行或坐,意态闲散潇洒;而水穷云起之间不仅有时间的流动,还有天机的运行,其中多含哲理。白居易的一联知名度更高,简直已是成语。杜甫的诗说战乱已平,深感国家有了转机,自己回老家的路线图也都已经画定了,极度的兴奋啊。

在对偶句原有的空间对称之外,更引进时间的流变,这样的对偶句不仅仍然整齐工巧,而且兼有运动或因果(如杜牧的一联)的元素。这种"流水"的笔法不仅是救弊的措施,也代表着诗人们自强不息的新进展。

原载《文艺报》2019 年 9 月 11 日第 7 版

留在大城市还是回老家去?
——从汉末古诗分析游子的奋斗、苦闷与抒情

中古时代有两部最著名的选本:《文选》和《玉台新咏》。前者是综合性大型文学作品选,对后代影响极大,研究这部选本的"文选学"至今仍为显学;后者是以两性题材为中心的诗选,影响亦复相当深远。

在齐梁时代,汉代无名氏的五言诗被称为古诗。《文选》在"杂诗"类下选录了这样的诗十九首,即总题为《古诗十九首》(卷二十九)。《玉台新咏》选录了同类之作八首,则题为《古诗八首》(卷一);《玉台新咏》中又录有枚乘《杂诗九首》(卷一),而其中有八首曾进入《文选》之《古诗十九首》。出现这种矛盾的原因是当时的学术界对于部分古诗的作者有不同的看法,《玉台新咏》的编者徐陵相信刘勰介绍过的一种大胆推测(《文心雕龙·明诗》:"古诗佳丽,或称枚叔。"),认为这些诗是西汉大作家枚乘写的,而《文选》的编者萧统则认为其作者的主名

顾农著《文选论丛》,广陵书社2007年版

早已失去，且无可考。现在看来，《文选》的意见是对的。

《玉台新咏》中署名枚乘的诗既已有八首与《文选》之《古诗十九首》重叠，再加上《玉台新咏》之《古诗八首》中又有四首与《古诗十九首》重叠，可知两部选本所录之古诗一共二十四首，而萧统所选之古诗十九首中有十二首稍后又为《玉台新咏》录入，恰为二十四首的一半。

东汉末年，政治腐败，风气浮躁，下层知识分子多有离开故乡、四出谋取出路者。他们被称为"游子"，亦称"荡子"（《文选》卷二十九李善注引《列子》曰："有人去乡土游于四方而不归者，世谓之为狂荡之人也。"）。他们跑到首都或别的大城市去苦苦地奋斗，研读经典，交接高人，提高水平和知名度，以争取实现个人的价值。其时太学生多达三万多人，游学之风很盛，在各地游学的知识青年为数甚多（详可参见吕思勉《游学》，《吕思勉读史札记》中册，上海古籍出版社2005年版，第739—741页），但他们一般很难弄到什么功名，很不容易找到好的出路。汉末选拔人才的制度已十分混乱腐败，朝廷公然卖官鬻爵；官民上下皆以名气为重，交游请托之风很盛，徐幹《中论·谴交篇》记载当时的情形道："且夫交游者出也，或身没于他邦，或长幼而不归。父母怀茕独之思，室人抱《东山》之哀。亲戚隔绝，闺门分离，无罪无辜，而亡命是效。"这些青年知识分子长期在外流浪，不甘心回老家去，总觉得混不出个人样子来无颜见故乡父老、老婆孩子，于是往往滞留于首都和其他一线城市，带着浓浓的乡愁在贫贱中苦熬。他们没有得到想得到的东西，却失去了同亲人、情人团聚的快乐，于是在贫困和孤独中唱出了一大批哀怨而缠绵的诗篇。

要之，汉末外多游子，内多思妇（在家害相思病的女人），一批古诗的诗情就从这里出来。游子之词一般以两方面的感慨为主，一是感士不遇的牢骚，一是对故乡、对亲人或情人的思念，这两者往往纠缠在一起，形成很大的无从解开的感情疙瘩（即所谓"情结"），通过诗歌这一渠道发泄出来；而他们留在老家的老婆或情人则陷入痛苦的期待与失望之中，她们也有许多感情要抒发，只是文化水平不高，未必会写诗，于是她们的丈夫或情人就用她们的口吻来代为抒情，而同时也就为自己释愤抒情。当然这里也可能有少数诗篇乃是女性诗人自己的作品，可惜由于文献不足征，具体的指认已经无法进行。

现在就从这两部选本所录之二十四首古诗中抽取一半为样本略加分析，请同道指正。

一

《文选》与《玉台新咏》两部选本三组古诗中重叠的共有十二首，一般来说这十二首可以视为当时所能见到的近六十首古诗——钟嵘《诗品》卷上称，古诗有"陆机所拟十四首"，"其外《去者日以疏》四十五首，虽多哀怨，颇为总杂"——中最为优秀的部分。试从这里选取四首作为样品来看。

《古诗十九首》其一，亦即所谓枚乘《杂诗九首》其三，诗云：

> 行行重行行，与君生别离。相去万余里，各在天一涯。道路阻且长，会面安可知。胡马依北风，越鸟巢南枝。相去日已远，衣带日已缓。浮云蔽白日，游子不顾返。思君令人老，岁月忽已晚。弃捐勿复道，努力加餐饭。

这是一首典型的游子之辞。其中痛苦地哀叹道，外面的世界对自己很不利（"浮云蔽白日"），但仍然不想回老家去，自己还要继续奋斗，继续飘荡——有一层意思没有明言：外面的世界舞台比较大，自有其精彩；而与此同时则陷入无可奈何的相思之中。"相去日以远，衣带日以缓"，就是后来宋词之所谓"衣带渐宽"；而"思君令人老，岁月忽已晚"则近于"为伊消得人憔悴"。

"胡马依北风，越鸟巢南枝"这个比喻是说，自己当然思念故乡，无比思念。但大谈怀乡的人往往是不回去的。最后游子无可奈何地说，说什么也是白搭，不必多说了，咱们还是好好吃饭，各自保重吧。这话既是向故乡的心上人("君")说的,也是对他自己说的。

若干青年知识分子在一段时间甚至很长时间里难以把自己好好安顿下来,这不单是东汉末年的情形,于是"行行重行行"这首诗也就有了它顽强的生命力和不朽的价值。

《古诗十九首》其二,亦即枚乘《杂诗九首》其五,诗云:

> 青青河畔草,郁郁园中柳。盈盈楼上女,皎皎当窗牖。娥娥红粉妆,纤纤出素手。昔为娼家女,今为荡子妇。荡子行不归,空床难独守。

这一首明显地采用思妇的视角,可以说是代言体的诗。"娼"是那时卖艺的歌舞妓,也就是女演员,这种人在古代身份是比较低贱的,而唯其如此,她们的思想也就相当解放,不大受传统伦理道德的束缚。本诗之末说:"荡子行不归,空床难独守。"措辞十分直率,她不说"空房"而说"空床",毫不忌讳性事,颇可见人性之真,也表明她的丈夫对她很了解,并且十分尊重。下层知识分子本来就是忌讳比较少的人群,特别是当他们力图进入上流社会而不可得的时候。

"娼"一般来说人会长得漂亮一点,讲究仪态,注意打扮,所以诗中有"娥娥红粉妆,纤纤出素手"这样的句子；她们对感情生活的要求也比较高，同那些完全在传统道德教条下讨生活之规规矩矩的"良家妇女"不完全一样。

东汉末年礼崩乐坏，传统的价值观念大为掉价，愿意迎娶"娼家女"的男人比较多，例如曹操的夫人卞氏原来就是出身于娼家的（《三国志·魏书·后妃传》："武宣卞皇后，琅邪开阳人，本倡家。年二十，太祖于谯纳后为妾。""倡""娼"二字相通），后扶正为夫人；她比较长寿，一直当到王后、王太后、皇太后、太皇太后。这种情形在东汉末年之外颇不多见。可见这个时代比较开明，家庭出身对人的制约比较少。诗中直言女主人公"昔为倡家女，今为荡子妇"，态度大方，很富于时代的特色。

《古诗十九首》其六，亦即枚乘《杂诗九首》其四，诗云：

> 涉江采芙蓉，兰泽多芳草。采之欲遗谁，所思在远道。
> 还顾望旧乡，长路漫浩浩。同心而离居，忧伤以终老。

在一般情况下，游子思妇之词在古诗里都是分别来写的，可以进行对唱；而男女对歌也可以放在一首中来写，这一首《涉江采芙蓉》就是如此。这里前四句为居者的女性之词，后四句则是行者的男子之词，两者用对唱的格局互相呼应。

在一首诗中作此种对唱，前有古人，后多来者。古老的例子如《诗经·郑风·东门之墠》，前后两章分别为男女之词；带有对歌性质的《楚辞·九歌》之《湘君》《湘夫人》很可能本是一首，后来才分作两首。晚一点的例子如南朝民歌中有很多赠答之作；现在少数民族的青年男女仍然讲究对歌——把赠答的两首连起来写，就成为《涉江采芙蓉》的样子了。

《古诗十九首》其十八，亦即《古诗八首》其五，诗云：

> 客从远方来，遗我一端绮。相去万余里，故人心尚尔。文彩双鸳鸯，裁为合欢被。著以长相思，缘以结不解。以胶投漆中，谁能别离此？

这一首也采用思妇的口吻，写她收到丈夫托人带回的一款上有鸳鸯花纹的丝绸料子，立刻大为兴奋，她由此了解到丈夫虽然离开自己甚远，感情如昔，并未变心；她说要拿它来做被面，借以寄托相思。最后又层层加码说，我们夫妇之间如胶似漆，永远不会分离。

全诗是一位思妇收到丈夫赠品以后的一小段意识流，顺流而下，一泻如注，质朴而动人。此诗如果只写前八句，似乎也就可以了，但思妇意犹未尽，再来一个力度更强的比喻，这大抵是民歌的格局，令人想起汉乐府《上邪》：

上邪！我欲与君相知，长命无绝衰！山无陵，江水为竭，冬雷震震，夏雨雪，天地合，乃敢与君绝！

赌咒发誓，按说有一两个也就够了，而这民间小女子一口气发了五个，非如此劲道不够。民间的生命力之强，到处都有表现。

刘勰说，古诗乃"五言之冠冕"（《文心雕龙·明诗》），钟嵘说，古诗成就极高，"惊心动魄，可谓几乎一字千金"（《诗品》卷上）。他们的评价并非过誉。

二

现在来看仅见于《玉台新咏》的古诗，一共是五首。

被选入《玉台新咏》卷一《古诗八首》而《古诗十九首》未选的有四首，这里以第一首最为精彩：

上山采蘼芜，下山逢故夫。回首（一作"长跪"）问故夫："新人复何如？"

"新人虽言好，未若故人姝。颜色类相似，手爪不相如。"

"新人从门入，故人从阁去。""新人工织缣，故人工织素。

织缣日一匹，织素五丈余。将缣来比素，新人不如故。"

古诗原来都没有标题，现在往往截取其首句为题，这一首就题作《上山采蘼芜》。写的是一位弃妇遇到她先前的丈夫时，两人间一番很有意味的对话。

中国古代没有男女两性地位平等的婚姻，也没有平等的离婚，只有丈夫抛弃妻子，而其理由可以有七条之多：无子、淫佚、不事舅姑、口舌、盗窃、嫉妒、恶疾——此即所谓"七出"（或"七弃""七去"）。被抛弃的妻子，即所谓弃妇，要承受心理上生活上的种种煎熬，日子大抵很不好过。但这首诗里的弃妇相当坚强，自己劳动养活自己，保持着强盛的精神状态和独立的人格。蘼芜是一种香草，可以入药，上山采蘼芜应当是她自力更生的手段之一。

诗的第三句通行诸本大抵依《玉台新咏》作"长跪问故夫"，这一文本不够好。自己已经被丈夫抛弃了，还要那么尊敬地向他"长跪"干什么？依《太平御览》卷八一四的引文，此句作"回首问故夫"，这就很有意味。弃妇上山采蘼芜，下山适逢故夫，两人当面错过，彼此视同路人。这时女主人公忽然灵机一动，采取主动，抓住机遇问一问对方的近况，于是"回首问故夫"。"回首"二字写出了弃妇的一番心理活动，简洁入神。相逢之际弃妇首先打招呼，问的又是"新人复何如"这样一个极其敏感的问题，其自立自强以至自豪之意，简直呼之欲出。

诗中最值得注意的是故夫窝窝囊囊的回忆对比。他承认新人与故人相比有两点差距，一是颜值略低（"未若故人姝"），二是劳动生产率大大低于故人。故夫先说新人"未若故人姝"，但马上又改口说二人"颜色类相似"，这里与其说表现了故夫对前后两任妻子外貌的比较一时拿不定主意，不如说评价中的参差流露了他内心深处的矛盾，情形很可能是两人的外貌水平相差不多，但既然新人在劳动生产方面大大不如故人，于是其外貌也显得比较差了，但他总有点不肯坦然承认的意思。换一个角度看，故人是自己抛弃的，失掉她之后才深切地认识到她的价值，于是她的外貌也就显得更加美好。诗的作者并不回避甚至还充分利用了故夫言谈中的前后不照来表现这个人物，流露出非凡的心理洞察力以及对艺术表达的深切会心。

最使故夫感到今不如昔的是在劳动生产方面。"新人工织缣，故人工织素。织缣日一匹，织素五丈余。将缣来比素，新人不如故。"素比缣高级，一匹长四丈，可见新人的劳动在品种和数量两方面都比不上故人，这样一笔账算得他后悔不已。

汉代妇女从事家庭生产劳动的主要项目是纺织，这是一项非常重要的"妇功"。班昭《女诫》说："妇功不必工巧过人也。专心纺绩，不好戏笑，洁齐酒食，以奉宾客，是谓妇功。"其时民间颇有以技巧和效率为衡量妇功水平的倾向。这种现象当然十分醒目地表明其时男女之间的不平等——汉代没有也不可能有女子因为丈夫生产劳动效率不高而给予他批评或惩罚，更不必说因此而提出离婚的了——但这与后来中国男人仅仅把老婆看成生孩子的工具、仅仅重视她们在种族繁衍方面的生产能力相比，汉代的风气还算比较健康质朴。也正因为其时相当重视妇女在物质财富生产方面的表现，所以妇女在被抛弃以后尚可凭自己的劳动自立，在人格上并不比丈夫低得太多。

这首诗不单具有很高的认识价值，它至今还能带给我们有益的启示。在中国古代，妇女能否创造财富，是不是具有相对独立的经济地位，关系非常重大；所以近现代以来妇女解放的第一步往往就在于她们重新走出家门，参加生产劳动，取得独立的经济地位。现在有些妇女神往于充当全职太太，甚至热衷于被人包养，二者皆绝无推广价值。

传世的汉魏古诗几乎都是游子思妇之词，其中的男女主人公大约可以说都出于士族寒门；而《上山采蘼芜》这一首却写到了真正微贱的基层匹夫匹妇，诗风也更近于乐府民歌，应当说是特别可贵的。

《文选》未选这一首大约是觉得它是叙事诗，同其他古诗皆以抒情为主不类。《玉台新咏》选诗以涉及两性者为中心，而且高度关注乐府诗，《孔雀东南飞》最早就出现于此集中，这里又把《上山采蘼芜》高列为全书的首篇，凡此均可见这本选集的特色和价值。

《古诗八首》其六、七、八云：

四坐且莫喧,愿听歌一言。请说铜炉器,崔嵬象南山。
上枝似松柏,下根据铜盘。雕文各异类,离娄自相联。
谁能为此器?公输与鲁班。朱火然其中,青烟扬其间。
从风入君怀,四坐且莫欢。香风难久居,空令蕙草残。

悲与亲友别,气结不能言。赠子以自爱,道远会见难。
人生无几时,颠沛在其间。念子弃我去,新心有所欢。
结志青云上,何时复来还。

穆穆清风至,吹我罗裳裾。青袍似春草,长条随风舒。
朝登津梁山,褰裳望所思。安得抱柱信,皎日以为期。

《四坐且莫喧》这一首貌似咏物(《初学记》卷二十五录入此诗即题作《古诗咏香炉》),其实还是抒情。诗的作者可能是女性。铜炉中所焚之香的气息,虽然可以"从风入君怀",可惜具有太多的暂时性和不确定性,未必真能够稳定地进入君怀——自己很可能空欢喜一场,烧了那么多香,只是浪费了大量的香草而已。这似乎代表了身份较高的小姐们的深沉忧虑。后来曹植有一首《七哀》,结尾写道:

愿为西南风,长逝入君怀。君怀良不开,贱妾将何依!

措辞比较直截了当,而思路大约是受到了《四坐且莫喧》的启发。

《悲与亲友别》一首采用留在故乡的女性的口吻,诗中的"亲友"应是她的丈夫或情人。再一次的离别让她担心他在外面另有所欢,好不容易回来一趟倒又要走了。人生几何,你乱跑些什么啊。抒情主人公最关心的是:你下次什么时候回来?

《穆穆清风至》也是用思妇口吻。诗中哀叹自己登山远望不见所思,她希望对方言而有信,按约定的时间回到自己的身边。估计作此诗时对方已经逾期未归,诗中流露出强烈的失望,但仍然是怨而不怒的。古代的妇女不大有条件怒,大抵只能怨。

仅见于枚乘《杂诗九首》而《古诗十九首》未选的只有一首,这就是九首中的第六首:

兰若生春阳,涉冬犹盛滋。愿言追昔爱,情款感四时。美人在云端,大路隔无期。夜光照玄阴,长叹恋所思。谁谓我无忧?积念发狂痴!

此诗径写游子的哀叹,他那留在故乡的情人如在天边,诗人夜不能寐,充满了哀伤,但白天还要装出若无其事的样子在外面打拼。"谁谓我无忧?积念发狂痴!"他忽然在沉默中爆发了这么一次。

这一首感情比较外露，而《文选》选诗大抵以含蓄蕴藉者为主。前人之诗本来是直露与内敛两种风格都有，而自从魏晋清谈风行以后，士人大抵以简隽为高，此风影响到诗坛，余味曲包便高于大声疾呼了。萧统贵族气很浓，他的高雅趣味是不喜欢什么"积念发狂痴"的。

三

根据前面的统计可以知道，只进入《文选》而《玉台新咏》未录的古诗共有七首，这里当然全是佳作，不妨略举三首来看。

《古诗十九首》其四云：

> 今日良宴会，欢乐难具陈。弹筝奋逸响，新声妙入神。
> 令德唱高言，识曲听其真。齐心同所愿，含意俱未申。
> 人生寄一世，奄忽若飙尘。何不策高足，先据要路津。
> 无为守贫贱，轗轲长苦辛。

这一首唱出了当时那一批游子内心深处的呼声，他们就是要一个跟头翻到社会的上层去，时不我待，一定要快！

这样赤裸裸的呼声在一般作家那里是听不到的，尽管他们也可能这样想。朱自清先生讲解这首诗道：

"何不策高足，先据要路津"，就是"为什么不赶快去求富贵呢?"这儿又是一个新比喻。"高足"是良马，快马，"据要路津"便是《孟子》里"夫子当路于齐"的"当路"，何不驱车策良马去占住路口渡口——何不早早弄些高官做呢? ——贵了也就富了。

……富贵是并不易求的，有些人富贵，有些人贫贱，似乎是命运使然。穷贱的命不犹人，心有不甘，"何不"四语便是那惆怅不甘之情的表现……诗中人却并非孔子的信徒，没有安贫乐道，"君子固穷"等信念。他们的不平不在守道而不得时，只在守穷贱而不得富贵。这也不失其为真。(《古诗十九首释》，《朱自清全集》第7卷，江苏教育出版社1992年版，第210—211页)

世界上永远会有这样追求富贵大做其白日梦的青年，而其中确有一小部分让他做成功了。

《古诗十九首》其十四云：

去者日以疏，来者日已亲。出郭门直视，但见丘与坟。古墓犁为田，松柏摧为薪。白杨多悲风，萧萧愁杀人！思还故里闾，欲归道无因。

这里以充满哲理的诗句开头。清朝学者朱筠解说道："起二句是'子在川上'道理。茫茫宇宙，去、来二字概之,穰穰人群,亲、疏二字概之。去者自去,来者自来。今之来者,得与未去者相亲,后之来者,又与今之来者相亲。昔之去者,已与去者相疏,今之去者,又与将去者相疏。日复一日,真如逝波。"(朱筠口授、徐昆笔录《古诗十九首说》)人生几何,转眼就变成墓中之物,而且就是这坟墓和周围的松柏也很快又要变化而为庄稼地和烧柴。所以,自己在外面流浪奋斗其实也没有什么意义——既然如此,回老家去算了,但诗人说虽然也想回去,但还没有找到因缘。这结尾的两句同前诗全文特别是开头两句形成强烈的紧张,而诗的味道却正在这种矛盾之中。

游子的内心充满了矛盾和紧张。单纯是一种美,纠结也是一种美,后者往往显示了人生的荒诞,而它久远的魅力也正在这里。现代的人和诗,单纯的越来越少了。

《古诗十九首》其十五云:

生年不满百,常怀千岁忧。昼短苦夜长,何不秉烛游!为乐当及时,何能待来兹?愚者爱惜费,但为后世嗤。仙人王子乔,难可与等期。

事业和名声本来是在外奋斗之游子最为重视的东西,而当他的奋斗无成之后,便易转为及时行乐。那时神仙道教颇为流行,诗人并不相信,他的头脑很清醒,情绪则近于颓废。

及时行乐的情绪,在整个中古时代都非常流行。上如曹操那样的英雄,曾高唱"对酒当歌,人生几何"(《短歌行》),下到陶渊明那样的隐士,也说"得欢当作乐,斗酒聚比邻。盛年不重来,一日难再晨;及时当勉励,岁月不待人"(《杂诗》其一)——他之所谓"勉励"不是去治国平天下或为名利奋斗,而是饮酒作乐,享受人生。

《古诗十九首》高唱壮志难酬之后的寄情于物质或精神上的享受,很容易引起读者的共鸣。

作品总是为读者存在的。年轻人离开故乡外出奋斗寻找出路,历来如此,古今也并无不同,他们的痛苦和哀伤也多相近之处,汉末古诗久远的魅力,可以由此得到一部分解释。

原载《文汇报》2019年3月22日《文汇学人》第8—10版

古诗《东城高且长》是拼合而成的吗？

萧统《文选》卷二十九"杂诗"部分之首为《古诗十九首》，其中第十二首云：

东城高且长，逶迤自相属。回风动地起，秋草萋已绿。
四时更变化，岁暮一何速！晨风怀苦心，蟋蟀伤局促。
荡涤放情志，何为自结束？燕赵多佳人，美者颜如玉。
被服罗裳衣，当户理清曲。音响一何悲，弦急知柱促。
驰情整巾带，沉吟聊踯躅。思为双飞燕，衔泥巢君屋。

这首诗《玉台新咏》也选录了，列入卷一，为枚乘《杂诗九首》其二。不管其作者是不是西汉的枚乘——现在一般认为《古诗十九首》出于东汉晚期下层文人之手，但古今都有学者认为其中有一部分的作者是枚乘——总归是一首脍炙人口的好诗。

《东城高且长》的抒情主人公当是一位在异乡流浪的青年知识分子，他在一座大城市里漂泊已久，秋天到了，绿草萋萋，蝉也不叫了，一片凄清，眼看又是一年将尽，而自己仍然没有找到合适的出路，不免在城郊接合部一带踯躅彷徨，胡思乱想。

诗的前半颇富于镜头感，写出了一个"客子"的孤独和潦倒。而从"荡涤放情志，何为自结束"两句往下，诗进而转入抒情主人公的白日梦，他说在这中原的大城市里，美女如云，有一位在窗口抚琴，乐曲里充满了悲伤，她一定也是深感寂寞了——这样的音乐听得自己如醉如痴，徘徊不忍离去，忽然产生了一个美好的幻觉，说自己将化身飞燕，飞到她家屋子里去做窝，这样就同弹琴的美女朝夕为伴了，更好的是能够干脆成为"双飞燕"……那是何等的令人心醉神驰啊。他不再"自结束"（自我约束、克制自己）了。

青年人的美梦从来离不开"双飞"，他们念念不忘的是"脱单"；但一个来自异乡的穷小子想要同一个"颜如玉""理清曲"之大户人家的女神结为伙伴，又谈何容易，无非是一场白日梦罢了。做做这样的梦，也是幸福的。两千年前的青年流浪诗人同当今的小伙子也没有多少不同，这首诗写出了典型的情境，所以传诵千古。

这一类抒发失意青年之梦想的诗，在《古诗十九首》里还有若干，其感情逻辑且有同《东城高且长》非常靠近的，例如其中的第五首写道：

西北有高楼，上与浮云齐。交疏结绮窗，阿阁三重阶。
上有弦歌声，音响一何悲！谁能为此曲，无乃杞梁妻？
清商随风发，中曲正徘徊。一弹再三叹，慷慨有余哀。
不惜歌者苦，但伤知音稀。愿为双鸿鹄，奋翅起高飞。

这首诗的抒情主人公不免有些操之过急，同人家素昧平生，只是听了她弹了一曲，就以其人的"知音"自命，立即决定同她结为"双鸿鹄"，一起奋翅高飞。这样的决定未免有点可笑，但作为一个白日梦，仍然有它存在的价值。诸如此类的美梦，青年时代做那么几个是不奇怪的。一个留滞在大城市的穷小子为什么就不能做个把好梦？美梦成真的事情，古往今来，在世界上也并不罕见，事在人为啊。

当然，世事艰难，好梦难成也是常见的事情。所以《古诗十九首》的抒情主人公一方面留恋大城市，一方面也未尝不考虑打道回老家去。类乎"京漂"之古代知识青年在去留之际思想感情上多有痛苦纠缠，这种情结构成了《古诗十九首》中诸作的一大内容。

《东城高且长》一诗虽然略有跳跃而仍然明白如话，这样的好诗到了学究们那里却颇受折磨。最严重的是明朝学者张凤翼在《文选纂注》里对这首诗实行腰斩，把"燕赵多佳人，美者颜如玉"以下的诗句拆解为另一首诗，予以单列。于是《古诗十九首》就变成了古诗二十首。一个替《文选》搞注释的人，不提供什么切实的根据就做这种越位的事情，简直是无法无天。而令人不解的是，对于张凤翼腰斩《东城高且长》的古怪误判，古今都不乏赞同附和的学者，其遗风余韵，甚且直贯当下。

张凤翼挥舞板斧将原诗一砍两截，其结论毫不足信。让我们举出一条反证来看。西晋大诗人陆机有过一首模拟《东城高且长》的诗（曾入选《文选》卷三十、《玉台新咏》卷三），其辞曰：

> 西山何其峻，曾曲郁崔嵬。零露弥天坠，蕙叶凭林衰。
> 寒暑相因袭，时逝忽如颓！三闾结飞辔，大耋嗟落晖。
> 曷为牵世务，中心若有违？京洛多妖丽，玉颜侔琼蕤。
> 闲夜抚鸣琴，惠音清且悲。长歌赴促节，哀响逐高徽。
> 一唱万夫叹，再唱梁尘飞。思为河曲鸟，双游丰水湄。

陆机这首拟作不无借题发挥来抒发他自己的感情之意，这里不去讨论，只想就此说明，他所拟的原作即后来《文选》录入之《东城高且长》，也正是二十句，而且从第十一句起就转而去写抚琴的美女如何如何，自己又如何如何；陆机的拟作亦步亦趋，完全合于原诗的格局。陆机比《文选》的编选者萧统要早很多，他见到的《东城高且长》就是这样完整的一首，而不是像张凤翼说的那样，原是各十句的两首，然后才被拼合为一首。

可是张凤翼的拼合说至今仍然流行，最近辛德勇教授在北京师范大学文学院的演讲中也曾说到《东城高且长》一诗出于拼合，并就此进而指出：

> 这种拼合两诗为一诗的情况，正可说明《文选》选录这十九首"古诗"，并不像后世很多文人学士所赞赏的那样完美无缺，更不像王渔洋描绘的那样"妙如无缝天衣"（王士禛《五言诗选》卷首《凡例》）。因而，单纯就诸诗内容的完善程度而言，"十九"这个数目，也就并不是非此数不可。这也就意味着，不管是像萧统这样从六十首上下的"古诗"中选出十九篇诗，还是像陆机那样只看中其中的十四篇诗，或者说像钟嵘那样在陆机的十四篇之外再考虑增补几篇与之差相仿佛的篇章，都只是一种主观的取舍，并无绝对的客观性可言。（《"古诗"何以"十九首"》，《光明日报》2019年7月6日第6版《光明讲坛》）

他的结论也许自有其道理，但是拿《东城高且长》一诗乃出于拼合这一条来作为论据之一，我以为恐怕颇近于帮倒忙。

原载《中华读书报》2019年8月28日第10版《书评周刊·社科》

《陶渊明集》导读

一

中古时代最重要的诗人陶渊明（365—427）有诗文集十卷，这个规模格局首先是由阳休之（509—582）定下来的，阳编十卷本陶集虽然现已不存，但他那篇《陶集序录》却流传至今，从中可以得知陶集形成的早期过程：

余览陶潜之文，辞采虽未优，而往往有奇绝异语，放逸之志，栖托仍高。其集先有两本行于世，一本八卷无序，一本六卷并序目，编比颠乱，兼复阙少。萧统所撰八卷，合序目传诔，而少《五孝传》及《四八目》，然编录有体，次第可寻。余颇赏陶文，以为三本不同，恐终致忘失。今录统所阙，并序目等，合为一帙十卷，以遗好事君子焉。

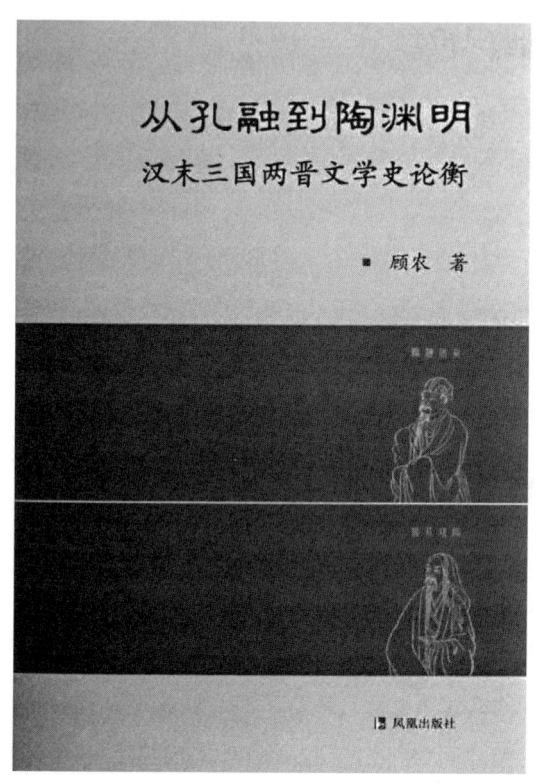

顾农著《从孔融到陶渊明——汉末三国两晋文学史论衡》,凤凰出版社2013年版

阳休之，北平无终（今天津蓟县）人，历仕北魏、东魏、北齐，齐亡入周，卒于隋初。他以先已存在的三种陶渊明集为基础，重新编定了一个十卷本，这个本子比萧统那个只收文学作品、未录《五孝传》及《四八目》（一称《集圣贤群辅录》）的八卷本更加齐全，成为后来各本陶集的祖本。这是阳休之其人在中国文化史上的大贡献。

在印刷术发明并广泛运用之前，《陶渊明集》经历了漫长的手抄流传阶段，其间的种种现在已难详悉；到北宋，终于有了刻本，这个本子历经毛氏汲古阁、黄氏士礼居、杨氏海源阁等著名藏书楼的接力保存，流传至今，现在珍藏于国家图书馆。这个汲古阁藏宋本《陶渊明集》乃是现在许多新本陶集的底本。

此外还有若干宋元刻本的陶集流传至今，诸本文字颇有异同，各有其重要的校勘价值。时至今天，绝大部分中古作家的文集都是明朝人根据各种选集、类书以及旧注所引用者辑录起来的，像陶集这样流传有绪且有宋元旧本为根据的，几乎只此一家。这是陶渊明的幸事，尤其是广大读者的齐天鸿运。

世间通行各本《陶渊明集》都是按文体来编排的，这里的顺序是：诗、赋、文、其他。这个办法初看上去似无特别之处，其实不然。因为按中古时代的习惯，一般总是把赋放在最前面，然后才是诗、文。例如萧统《文选》就是这样的顺序，后来的学者为中古作家新编集子，也采取赋、诗、文这样的顺序。

陶渊明辞赋写得很少，只有三篇，这就是《感士不遇赋》《闲情赋》和《归去来兮辞》；其前两篇还是仿古之作。陶渊明可以说是花大力气专门写诗的，这乃是他反潮流、至少也是不同于流俗的地方。凡是自有主见的大作家，在文体的取用方面往往置世俗的惯例于不顾，而自有其特别的取舍与偏重。例如五四以后的作家，一般总是专攻小说、诗歌、剧本或文学散文中之一种，或兼及其他；而鲁迅却在写了一段短篇小说以后转向杂文，并且义无反顾，一发而不可收。陶渊明也是不肯跟着潮流走的，他开辟一种新的潮流。

《陶渊明集》中诗的部分，卷一是九首四言诗，从卷二到卷四则全是五言诗。中古的诗人写诗总是以五言为主。到卷五才是辞赋。陶集的后五卷分别是：记传述赞一卷、传赞（《五孝传》）一卷、疏祭文一卷、《四八目》（一称《集圣贤群辅录》）二卷。因为《五孝传》和《四八目》曾被乾隆皇帝指为伪作，其结论且被学术侍从之臣写进了《四库全书总目》，于是后来有些新出的陶集也就不肯收这两种或仅作为附录，那么就只有七卷了。现在比较流行的几种近贤校注的陶集，也都是七卷。

其实《五孝传》和《集圣贤群辅录》都不伪，仍应作为正式内容纳入列入《陶渊明集》；倒是有三首诗（《归园田居》其六、《四时》、《问来使》）是混进陶集的，应予删除。

陶渊明的诗共计一百二十余首，辞赋与文十二篇，另有杂著两种；又集外尚有一部小说集《搜神后记》。数量不算很多，而质量极高，影响巨大。凡是精神产品，主要看质量，数量的多寡并不那么重要。

二

陶渊明的一生可以分为两大段四小段，其中最大的分界点在他四十一岁那一年即义熙元年（405），当年十一月他抛弃彭泽令一职，彻底回老家隐居。

四十一岁以前又可分两小段。前一段，二十岁以前，这是他的童年和接受教育的阶段。陶渊明虽然出生在一个官僚世家，由于父亲死得早，小时候比较清贫，但受到过良好的教育。他熟读了儒家的经典，也读老、庄以及小说、神话等"异书"。他曾自称"好读书，不求甚解。每有会意，便欣然忘食"（《五柳先生传》），早就显现出诗人、思想家读书的派头。

从二十岁到四十岁，可称为他的仕隐拉锯阶段。同常见的那种"学而优则仕"并一仕到底的模式不同，陶渊明断断续续地六次任官，其间皆有退回故园的间歇：最早是在江州刺史桓伊手下效劳，替他出差办事（参见顾农《陶渊明的初仕与初隐》,《书品》2016年第4辑);第二次是出任"州祭酒",为时甚短,"不堪吏职,少日自解归。州召主簿,不就"(《宋书·隐逸传》);第三次出仕是从隆安四年(400)起为荆州刺史桓玄的属官,其间曾作为桓玄的使者到首都去出差,写过《庚子岁五月中从都还,阻风于规林》和《辛丑岁七月赴假还江陵,夜行涂口》等诗;稍后因为母亲去世,按照当时的礼法退出官场,回家守孝。

陶渊明守制期间桓玄攻入首都建康(今江苏南京),稍后"接受"晋安帝司马德文的禅让,称帝,国号"楚",改元"永始"。元兴三年(404)北府兵将领刘裕起兵攻桓玄,三月攻入首都,桓玄出逃,稍后被杀。刘裕打垮桓玄使得东晋王朝得以苟延其残喘,但十多年后他自己取代东晋,建立了宋朝(一般称为刘宋,以区别于唐以后的那个赵宋)。陶渊明本来是追随桓玄的,而在元兴三年(404)守制结束后,却跑到镇军将军刘裕手下担任了参军。这是他第四次任官。后来他又转为建威将军、江州刺史刘敬宣的参军。这时他已打算彻底归隐,但这时陶渊明的叔叔、时任尚书的陶夔到了浔阳,安排侄子陶渊明担任彭泽令(参见顾农《推迟归隐的陶渊明》,《文史知识》2018年第9期)——这是他第六次也是最后一次出仕,他在官八十余日,终于下决心归隐,从此彻底离开了官场。

陶渊明在刘裕、刘敬宣手下任职时,各写了一首诗;

抛弃彭泽令以后写了著名的《归去来兮辞》。这些作品对于了解陶渊明的经历和思想，都是非常重要的材料。

陶渊明归隐后在故乡生活了二十多年，这里又可以拿晋、宋易代（420）作为分界线再细分为两小段。前段十五年，后段七年。陶渊明对这次改朝换代的反应相对平静。（参见顾农《从陶渊明〈述酒〉诗说到他的政治态度》，《文学遗产》2017年第2期；又《晋宋易代与陶渊明》，《中华读书报》2018年1月3日第5版《瞭望》）

据陶渊明自己说，他多次出仕都是想弄点收入，改善生活，即所谓"口腹自役"；但是官场里有种种规则和潜规则，地方官尤其不好当，他总感到不自由，到底还是"质性自然"（《归去来兮辞》）占了上风，所以终于自免去职了。有人把陶渊明的归隐说成是因为痛恨官场黑暗，不肯同流合污，甚至有人说，是他预感到将要改朝换代，得早点退出去。陶渊明本人从来没有这么说过。

陶渊明大量的作品都是归隐以后所作，从《归园田居》等诗里可以看得出，他归隐之初生活比较悠闲；到义熙四年（408），他家失了一把火，此后生活水平明显下降；义熙七年（411）移居浔阳负郭之南村，作有《移居二首》。义熙末有诏征为著作郎，他拒绝了。

晋宋易代以后的第一个春节，陶渊明同他邻居到斜川旅游了一趟，情绪很高涨，看不出有任何不安。当时大家都知道这东晋王朝早晚要垮。陶渊明同刘宋官员颇有来往,并不摆隐士的架子;但有一次新任江州刺史檀道济来看望他,话不投机,陶渊明就不肯接受他的礼物。元嘉四年(427)病故,享年六十三岁。

陶渊明去世后不久,他的忘年交颜延之(384—456)作《陶征士诔》,称颂他的高尚品德,并定谥为"靖节"。

有关陶渊明的正式传记有四种:沈约《宋书·隐逸传》中的本传、萧统的《陶渊明传》、唐修《晋书·隐逸传》中的本传、《南史·隐逸传》中的本传。陶渊明一向进入隐逸传而非文苑传,由此很能看出旧时史家对他主要身份的定位。

陶渊明生活的年代横跨东晋、刘宋两个王朝,按中国史传的传统,一个名人的传记一般放在他去世的那个王朝来处理,所以《宋书》为他立传。《宋书》的作者沈约是齐梁间著名的文人、学者,也是当时的文坛领袖,他这篇传最早,也最重要。该传中引用了《五柳先生传》《归去来兮辞》《与子俨等疏》《命子》诗。把这些引文去掉,内容就不太多了,但仍然非常重要,其中记载的基本事实,如果没有足够的根据,不能轻易怀疑。例如关于陶渊明的生卒年,沈约记为"元嘉四年卒,时年六十三"。这一记载应当最为可靠。史传中对传主的分析评价,有正确的,也有不足为据的,这与各该传中的基本事实不同,当分别观之。

昭明太子萧统是首先为陶渊明编集子的人,萧传里没有引用陶渊明什么作品，生平事迹方面有所增补，也是很重要的史料。

陶渊明在东晋曾多次出仕，而归隐的原因前人或认为是"耻复屈身后代"（《宋书·隐逸传》），也就是不肯向新的刘宋王朝屈服。那么他可以说是晋的遗民，所以《晋书》也要替他立传。现在通行的《晋书》是唐初官方在太宗领导下集体写成的，其陶传中有些新的内容很值得注意，例如陶渊明的祖父，前两种传都没有涉及，这里说"祖茂，武昌太守"，这一点对了解陶渊明的家世关系很大。关于陶渊明的生卒年，这里的提法是"以宋元嘉中卒，时年六十三"，卒年说得比较含糊，但享年还是六十三岁。《南史》是唐初李延寿撰写的。李氏参加过官修《晋书》的工作，他的《南史》统写宋、齐、梁、陈四个王朝；此外又著有《北史》，则是统写北朝的。他的这两部书得到唐官方的承认，现在也在所谓"二十四史"之中，受到相当的重视。《南史·隐逸传》中的陶渊明传略有些新的信息。

现在要了解陶渊明，除了要依靠以上这四份传记之外，也可以参考有关的谱牒。关于陶氏的宗谱，前后出现了约有十种，最早的始修于南宋，大部分是明清时代的产物，就陶渊明研究而言没有太高的史料价值，其中错误百出，互相矛盾，而比较可信的材料仍然是同于正史中已经记载过的那些内容。只有陶渊明父亲的名字叫"陶敏"这一件事，或可补前史之未备。

关于陶渊明的新旧年谱大约在二十种以上，其中比较早、比较重要的几种已收入许逸民先生辑校的《陶渊明年谱》一书（中华书局1986年版）。

三

读《陶渊明集》中的诗文，下列四个方面最为引人注目：

首先是他对生活自由、人格独立的执着追求。陶渊明放弃官职回家隐居就是要自由，要独立，他说这是自己的本性，也就是《归去来兮辞》小序之所谓"质性自然"——从本质上希望过一种无拘无束的自由的生活。《归去来兮辞》写道：

归去来兮，田园将芜胡不归！既自以心为形役，奚惆怅而独悲。悟已往之不谏，知来者之可追。实迷途其未远，觉今是而昨非。舟遥遥以轻飏，风飘飘而吹衣。问征夫以前路，恨晨光之熹微。乃瞻衡宇，载欣载奔。僮仆欢迎，稚子候门。三径就荒，松菊犹存。携幼入室，有酒盈樽。引壶觞以自酌，眄庭柯以怡颜。倚南窗以寄傲，审容膝之易安。园日涉以成趣，门虽设而常关……

这里每一句话都值得细细体会。《归去来兮辞》标志着陶渊明走上了全新的生活道路。稍后他在《归园田居》诗里说起自己下地锄草,"衣沾不足惜,但使愿无违",愿无违就是自由。所谓自由包括心态的自由和生活方式的自由。陶渊明自己选择适合自己的生活方式,不高兴一定按传统的规范办事。

第二方面是陶渊明热爱农村的劳动生活和自然风光。当时佛教流行,住锡庐山的慧远是佛教大师,招集了好多人包括一批高级知识分子去念佛,准备同升西方净土,陶渊明与他们保持相当的距离,他不能离开美好的现世生活。陶诗中写农村风光的佳句太多了,《桃花源诗并记》那些写景,都以现实生活为依据。此外的例子如:

暧暧远人村,依依墟里烟。
——《归园田居五首》其一

平畴交远风,良苗亦怀新。
——《癸卯岁始春怀古田舍二首》其二

"暧暧"是看不清楚的意思,可知陶渊明的住处与村落有相当的距离,也可见他在归隐之初还未能融入草根的社区。他后来搬了家,情况就不同了。植物的幼苗在微风吹拂下卷舒自如,诗人想象它们内心充满了对未来的希望——这是多么美好的自然状态！陶渊明写农村生活非常质朴，"晨兴理荒秽，带月荷锄归"（《归园田居五首》其三），只用动词和名词，一个形容词也不用，而大有味道。

陶渊明中年以后身体不好，他吃药，也吃补品，主要是菊花。"采菊东篱下，悠然望南山"，"望"字一作"见"，从版本的角度看，"望"字更加可靠。"南山"喻指长寿，服用菊花是为了长寿，但是能不能长寿呢，陶渊明也不大顶真，所以"悠然望南山"。

老派隐士之所以要遁入山林，一大原因是要远离人世的浑浊和喧嚣，防止污染，取消麻烦，遗世独立。现在陶渊明竟然在故乡就地隐居，用老式眼光看起来，"结庐在人境"根本缺少隐居的基础性条件，因为人间必有种种世俗的干扰，"车马喧"就是这种干扰形象化的说法。"问君何能尔？"诗人要回答这样的质疑，于是诗就这样接着往下写了。

"心远地自偏"是著名的警句。"心远"当是指心胸开阔，思理深远，有一种哲理意义上的潇洒，毫不拘执于眼前的具体事情。不过这一点陶渊明并没有作正面的解说，只是用形象的描绘暗示一下什么叫作"心远"："采菊东篱下，悠然望南山。山气日夕佳，飞鸟相与还。"人在自家宅院的东篱下采菊，眼却望着南山，又转而去看飞鸟，欣赏山间的云雾，思维活跃，浮想联翩，关心宇宙，体悟哲理：这就是所谓"心远"了。

陶渊明热爱生气勃勃的现实生活，而其时日渐流行起来的佛教则要求人们抛弃现实生活，慧远说："反本求宗者，不以生累其神；超落尘封者，不以情累其生。不以情累其生，则生可灭；不以生累其神，则神可冥。冥神绝境，故谓之泥洹。"（《沙门不敬王者论·求宗不顺化三》）陶渊明绝对不肯到这种"绝境"里去。他有一首《和刘柴桑》最足以说明这一点：

山泽久见招，胡事乃踌躇？直为亲旧故，未忍言索居。
良辰入奇怀，挈杖还西庐。荒涂无归人，时时见废墟。
茅茨已就治，新畴复应畬。谷风转凄薄，春醪解饥劬。
弱女虽非男，慰情良胜无。栖栖世中事，岁月共相疏。
耕织称其用，过此奚所须。去去百年外，身名同翳如。

刘柴桑就是当过柴桑令的刘程之，此人信仰佛教，跑到庐山上去跟着慧远念佛，并且拉陶渊明加入；陶渊明用这首诗来回答他。陶渊明说他不能离开家小去修道，不能放弃世俗生活的乐趣，如散步、饮酒之类。陶渊明热爱生活。

第三，陶诗有不少地方表明诗人相信"天命"，一切听从命运的安排。陶渊明认为只要承认天命即得到自由。这一点他称为"委运"，"任化"，所谓"纵浪大化中，不喜亦不惧。应尽便须尽，无复独多虑"(《形影神》)。他家曾经遭到一场火灾，而他的心情很平静。这种修养很不容易达到。陶渊明中年以后健康状况不佳，于是时时想到死，即所谓"常恐大化尽"(《还旧居》)；他有一份早早预立的遗嘱《与子俨等疏》，其中引用孔子高足弟子子夏的话说"死生有命，富贵在天"(《论语·颜渊》)，天命论早已有之，而陶渊明以此作为重要的思想依托。陶诗中很多所谓见道语都是讲天命，讲无可奈何而安之若命。

陶诗第四个重要的方面是反对一切虚伪的东西。陶渊明早年接受的是儒家思想的教育，"少年罕人事，游好在六经"(《饮酒》其十六)，其理想是"奉上天之成命，师圣人之遗书。发忠孝于君亲，生信义于乡闾"(《感士不遇赋》)。可是现实生活中许多事情表明，圣人的话大家都在说，而实际上完全是另外一回事，流行的是虚伪。陶渊明要反这个潮流，所以特别强调一个"真"字。"真"本是道家的一面旗帜，庄子说："真者，所以受于天地，自然不可易也。故圣人法天贵真，不拘于俗。"(《庄子·渔父》)这里的"圣人"已经不是孔夫子而是道家的圣人了。陶渊明讲自己"质性自然"，诗里说"此中有真意，欲辩已忘言"(《饮酒》其五)，都是用道家的语汇。陶渊明实现了儒道的结合，就个人的道德修养而言，是儒家；就生活态度而言，是道家。当然陶渊明也并非儿童式的天真，他不免仍有些世故（参见顾农《陶渊明的世故》，《中国社会科学报》2010年6月24日《后海》版），此乃难免之事，也就无须去多说了。

《陶渊明集》，逯钦立校注，中华书局1979年版

《陶渊明集校笺》，龚斌编撰，上海古籍出版社1996年版

《陶渊明集笺注》，袁行霈编撰，中华书局2003年版

原载《粤海述评》第342期，2019年5月22日

陶渊明名句谈丛

陶渊明诗文中名句甚多,引人入胜,发人深思;顷以幽居多暇,拈出一十八则,与素心诸友共赏,并乞订正。

"好读书,不求甚解"

所谓"甚解"就是现在常说的"过度诠释"——把一些原书里本来并没有的意思,给强加进去,却又说这些乃是从该书里探索出来的深意,显得自己读书别有心得,很有水平的样子。

在若干学者的论文和专著里,常常可以看到这种"甚解"。陶渊明本人的作品也被研究出了许多他自己未必知道的"深意",例如说他忠于东晋王朝,愤恨刘宋的开国之君刘裕。其实陶渊明并没有这种"忠愤",这一层意思乃是赵宋学者韩驹、汤汉以及紧跟他们的后学"求"出来的"甚解"。

古代多文字狱，打手们批判那些所谓有问题的文字时往往吹毛求疵，鸡蛋里寻骨头，所用的方法无非也就是"求甚解"，只是专门向有罪的方向去求而已。所谓"大批判"文章大抵都是"求甚解"的标本。陶渊明主张，一要爱好读书，二要就按其原意去理解，而不必搞什么看似新鲜深刻的过度诠释。

"导达意气，其唯文乎"

陶渊明诗、赋、文皆属一流高手，他还讲过一次文学理论，就是《感士不遇赋》小序之末的"导达意气，其惟文乎？抚卷踌躇，遂感而赋之"。陶渊明不提文学作品是对外在世界的反映，而讲创作诗、赋乃是一个释放自己的感慨、思想、情绪的过程。中国文学一向以抒情为主，于是讲理论也就侧重这个方面。

陶渊明在《五柳先生传》里又说自己"常著文章自娱，颇示己志"。这里说的"志"，就是"诗言志"之"志"，而《感士不遇赋》小序之所谓"意气"，则更多地涉及作者的情绪和心理。至于"文章"，则包括各类文学作品，诗、赋、文皆在其内。

本来心事浩茫、情绪激动的作家，写下有关的作品以后，往往就能渐渐恢复平静。这同心里有气，骂几句就舒服一点是一个道理。有情绪，发泄出来为好，闷在肚子里容易不舒服以至生病——除非你有极高的涵养，或者竟是情商极低的人物。

诗人有点情绪化是常见的,岂但无伤大雅,甚至可以说是正常的,必要的。学者一般比较平静,所以也就写不出什么令人感动的好文章来;一般只会很平静地摆事实,讲道理,写论文。论文不容易"导达意气",也很难用以自娱。

"田园将芜胡不归"

陶渊明当过许多年的官,后来觉悟了,抛弃官职,回老家隐居,在这个转折点上他写过一篇著名的《归去来兮辞》,其中说起自己归隐的几条原因,"田园将芜胡不归"是其中的一条:他要回去耕耘自家的田园,不能再让它荒芜下去。

归隐于田园的时候说这话很切实;此外也可以用来指代复归于自己的本业。一向从事的本行就像自家的田园,离开久了就将荒芜,要赶紧回到那里去重操旧业,把它安顿好。

许多名句后人在借用时往往采用引申义、比喻义;当然,径用原义也完全是可以的。

"不足为外人道也"

陶渊明的《桃花源记》是讲故事的,说有一个渔人于无意中进入了世外仙境似的桃花源,受到款待,等到行将离开的时候，此中人对他说："不足为外人道也。"这话表面上是说，我们这里的情形不值得对外人说起，实际上是请渔人出去以后不要对外讲，要注意保密。

但渔人还是向当地行政长官汇报了，于是派人去找那桃花源，却始终没有找到。

请对方保密，态度不是特别强调，而又讲究语言的委婉，这时候就可以说，此事不足为外人道也。

"欣慨交心"

"欣慨交心"这句话出自陶渊明四言诗《时运》的小序中："时运，游暮春也。春服既成，景物斯和。偶景（影）独游，欣慨交心。"

暮春时节出游，是孔子和他的弟子们实行过并且明确说起的事情："暮春者，春服既成，冠者五六人，童子六七人，浴乎沂，风乎舞雩，咏而归。"（《论语·先进》）现在陶渊明是一个人出去春游，作伴的只有自己的影子，所以虽然也很高兴，却又颇多感慨，两种情绪交汇于胸中——这就是所谓"欣慨交心"。

陶渊明喜欢孤独，遗世独立；也希望有朋友在一起，彼此交流。这是他的基本矛盾之一。（参见顾农《陶渊明盼望交流与理解》，《文艺报》2012年11月23日第7版）世界上有这种矛盾心态的人甚多，于是"欣慨交心"便成为一种常态，具有普泛的意义。书法家们很喜欢大书这四个字。

"世短意恒多"

陶渊明在《九日闲居》一诗的小序中说:"秋菊盈园,而持醪靡由,空服其华,寄怀于言。"原来当年重阳节这一天他竟然没有菊花酒喝,只好干吃了一些菊花,于是作此诗以寄怀。诗的开头两句说:"世短意恒多,斯人乐久生。"大家都喜欢长寿,由此导入饮用菊花酒以求长寿,可恨自己今年是喝不成了。

"世短意恒多"是说人的一生并不长,而思虑很多。这虽然颇近于古诗之所谓"人生不满百,常怀千岁忧",而立言尤觉委婉,不一定非要涉及寿命的短长。这句诗能指甚广,读起来多有意味。

"物新人唯旧"

人们往往说朋友是老的好。朋友而老,表明彼此的友情能经得起时间的考验,不是那种偶尔结识分手即忘的酒肉朋友。这一层意思古人早已说过,即所谓"人惟求旧,器非求旧,惟新"(《尚书·盘庚》),而用诗的语言更简明地来表达的则是陶渊明的名句"物新人唯旧"。

此句见于他的《答庞参军》一诗。陶、庞比邻而居,结为朋友大约在元嘉元年(424)的冬天,二人一见如故,交往频繁;到第二年春天,庞参军到江陵去任职。临行之前,庞先有一诗赠陶渊明,于是陶作《答庞参军》。诗序说，我们认识的时间虽然不长，而很谈得来，"忽成旧游"——很像是老朋友了。诗云：

相知何必旧，倾盖定前言。有客赏我趣，每每顾林园。
谈谐无俗调，所说圣人篇。或有数斗酒，闲饮自欢然。
我实幽居士，无复东西缘。物新人唯旧，弱毫多所宣。
情通万里外，形迹滞江山。君其爱体素，来会在何年。

这里既说"相知何必旧"，又说"物新人唯旧"，似乎有点矛盾，其实不然，老朋友总是从新朋友来的，而相处得好的新朋友也就如同老朋友一样。

从这首诗看去，庞氏经常拜访渊明，他们随意闲谈，饮酒为欢。陶渊明说，自己喜欢幽居，现在年纪大了，更不想东奔西走；你要出门远行，自己多多保重吧。不知道我们什么时候能够再相见！上了年纪的人对亲朋离别总不免有些感伤的意味，这里话虽平淡，而情意深矣。

"秋熟靡王税"

有收入就要交税，此乃古今之通义，国家靠这笔收入来养活军队和公务员，来操办公共事业，如兴修水利、救灾济困等等。但过重的赋税也会成为古代农民的巨大负担，使他们贫困，以至于破产，逃亡。

农民要交税，而奴隶是不交税的，他们的劳动成果全部都被拿走了。从这个意义来说，交税体现了历史的进步。交过税总还能留下一些可以由自己支配的生活资料。古代人道主义的士大夫一向主张"薄赋轻徭"，减轻农民的负担，改善他们的生活；陶渊明更进一步，希望"秋熟靡王税"，在他想象的美好世界——桃花源里，就没有"王税"。

一般认为"秋熟靡王税"代表了陶渊明的进步思想，而其实颇不尽然，这只是一种幻想，不可能实现的。在古代，如果没有税一定不是什么好事，例如在两晋之交天下丧乱之际曾经广泛存在的"坞堡"里，难民们依附某一山大王据险自保，这时一切收入都归首领支配，难民们的身份和地位则皆近于农奴，他们的处境比天下太平时的农民显然会差很多。

时至今日，工商业是要交税的，收入较多的个人也要交税，而农业税是取消了。可以说现在已经实现了"秋熟靡王税"，这是国家照顾农民，同陶渊明所设想者并不是一回事。

当今世界上没有完全不收税的国家。

"量力守故辙"

陶渊明归隐之后，他的熟人多有劝他重新出山为官，以提高地位，改善生活。陶渊明不干。后来东晋王朝征他出来当著作郎（或著作佐郎），他也不应。他曾有一首

诗说到自己不想东山再起的一些思考,这就是《咏贫士》其一:

> 万族各有托,孤云独无依。暧暧空中灭,何时见余晖。
> 朝霞开宿雾,众鸟相与飞;迟迟出林翮,未夕复来归。
> 量力守故辙,岂不寒与饥?知音苟不存,已矣何所悲。

这首诗说自己饥寒交迫,根子则在于坚持走一条清白自然的生活道路,虽然非饥寒不可,而仍不打算改变。

陶渊明之所谓"故辙"是指坚守故乡,躬耕于垄亩,不愿意到官场里去打拼弄钱。

学而优则仕是那时的阳关大道,大量的一般的士人都走这条道路,陶渊明的先辈也都是如此,同他们相比,陶渊明是一个孤独的另类。所以诗一上来就说"万族各有托,孤云独无依"——自己就是这种没有任何依托、没有世俗之所谓光明前途的孤云。

诗中接下来又打了一个比喻,说自己是一只笨鸟,在"众鸟相与飞"展翅争胜的时候,自己大为落伍,离开林子出发已经相当晚,却又早早地回了老窝,鸟倦飞而知还,这样哪里能找到多少食料?陶渊明初出江湖虽早(详见顾农《陶渊明的初仕与初隐》,《书品》2016年第4辑),正式出仕却比较晚(二十九岁),而归隐又甚早(四十一岁),中间在官场里又总是断断续续的——这正是所谓"迟迟出林翩,未夕复来归",挨饿受冻是一定的了。

即使饥寒交迫,仍然守其故辙,这需要很大的定力,也表现了一种自知之明。

"量力守故辙"这句话后来被引用的频率甚高。这种态度同随波逐流、见异思迁是相反的。

"心远地自偏"

"心远地自偏"这句诗出于陶渊明的名篇《饮酒》其五:

> 结庐在人境,而无车马喧。问君何能尔?心远地自偏。采菊东篱下,悠然望南山。山气日夕佳,飞鸟相与还。此中有真意,欲辨已忘言。

在陶渊明之前,老派隐士往往躲入深山老林等人迹罕至之处,离群索居,以奇特的生活方式表示他们对政治对社会的厌恶和疏离,所以隐居也叫"隐遁"——从人间逃亡出去;而陶渊明实行的却是"归隐",退出官场,回到自己的老家,过农村知识分子很普通的世俗生活,而竟然也可以获得老派隐士们那种代价甚高的自由。

"结庐在人境"相当于宣布自己是实行一种新型的隐居方式。在这里虽有"车马喧"而可以听而不闻,只要"心远"就能"地自偏"。"心远"的人心胸开阔,思理深远，拥有一种哲理意义上的潇洒，可以毫不拘执于眼前的琐屑。在陶渊明看来，隐士获取安静不靠地偏，而靠心远。

"福不虚至，祸亦易来"

陶渊明的这两句话见于其《命子》诗，虽是诗句，却很像是文句。四言诗往往如此。

福气之来总是有原因的，天上不会掉下馅儿饼来。而灾祸之来往往莫名其妙，找不到自己方面的原因：或者是无从预测和规避的自然灾害，或是别人给我们造成的损害灾难。

不过这话似乎也可以反过来说成"祸不虚至，福亦易来"：世界上没有无缘无故的灾祸，贪官之被抓无非是咎由自取，醉驾也一定会受罚。而有时好运却会突然降临，例如中了什么大奖，又或者有贵人暗中相助，好事来得全不费功夫。

人生实难，祸多福少。陶渊明不想侥幸得福，而十分警惕灾祸之易来——这样的人生态度比较靠谱。

"衣沾不足惜，但使愿无违"

归隐之初陶渊明参加过一些农业劳动，同真正的农民相比有些不同，对他来说，这主要还不是谋生的手段，而是一种审美的享受，带有某种遣兴的意思。其《归园田居》

五首其三写他去给豆子地锄草，诗云：

种豆南山下，草盛豆苗稀。晨兴理荒秽，带月荷锄归。
道狭草木长，夕露沾我衣；衣沾不足惜，但使愿无违。

因为是干自己高兴干的活儿，衣服弄脏弄湿，都毫不介意，毫不在乎。

自由极其可贵，而自由也是有代价的，为自由而付出代价，心甘情愿。游戏往往既费体力，也费脑力，而孩子们乐此不疲，因为他愿意玩这游戏。如果要他做许多他不愿做的事，他就感到很累，很苦。一切"如愿"是多么幸福啊。

"平畴交远风，良苗亦怀新"

陶渊明的家在农村，当官又一向是断断续续的，他正式归隐之前而又不在官位之时已经参加了一些农业劳动，对农村景色体会很深，著名的《癸卯岁始春怀古田舍》二首其二写道：

先师有遗训，忧道不忧贫。瞻望邈难逮，转欲志长勤。
秉耒欢时务，解颜劝农人。平畴交远风，良苗亦怀新。
虽未量岁功，即事多所欣。耕种有时息，行者无问津。
日入相与归，壶浆劳近邻。长吟掩柴门，聊为陇亩民。

癸卯岁是晋安帝元兴二年（403），陶渊明三十九岁，本年他因母丧退出官场回了故乡。

从这首诗看去，诗人在亲自参加过若干农业劳动以后对田野之美多有体会，特别是"平畴交远风，良苗亦怀新"二句写在春风吹拂下禾苗生气勃勃，心中充满了对未来的希望，这正是自然之美、劳动之美，其中且包含了生活中的哲理。苏东坡曾手写这两句分赠身边诸人，并一再大声叫好；后来的诗歌评论家对此二句亦赞不绝口：

语天时物理，灵通异常。（《古诗归》卷九谭元春评语）
"平畴"二语，写景神到之句。写物者摭实，写气者蹈虚，便已生动，若写神谁能及之。（陈祚明《采菽堂古诗选》卷十三）

良苗欣欣向荣，诗人心里也充满了喜悦。只有深受自己喜爱的事物、景物和文本，人们才能感觉到它的美。

"奇文共欣赏，疑义相与析"

陶渊明是主张"好读书，不求甚解"（《五柳先生传》）的，那只是反对对文本作过度的诠释，并不是说读书可以马马虎虎，满足于一知半解。甚解、半解或者不解皆非读书的正道。

读书要获得正解必须认真从事，有时候还得同别人商量，集体来研究。陶渊明把家搬到城郊的南村以后，邻居中多有高级知识分子，他们就经常在一起研究，解决疑难。其《移居二首》的第一首写道：

> 昔欲居南村，非为卜其宅。闻多素心人，乐与数晨夕。
> 怀此颇有年，今日从兹役。弊庐何必广，取足蔽床席。
> 邻曲时时来，抗言谈在昔。奇文共欣赏，疑义相与析。

可知陶渊明之所以看好南村，一大原因正在于这里文化环境好，多有文化水平高而又心态悠远的高人，可以清谈，可以在一起研究古书中的疑义。

陶渊明和他的邻居素心人开学术研讨会，不是为了求"甚解"，而是弄清楚其真意。

"连林人不觉，独树众乃奇"

语云"物以稀为贵"，数量甚多的东西，人们不容易记住其中的某一个，而那种鸡群中高高耸立的仙鹤，则立刻会吸引人们的目光。陶渊明在他的诗里说过这一层意思，《饮酒》其八诗云：

> 青松在东园，众草没奇姿。凝霜殄异类，卓然见高枝。
> 连林人不觉，独树众乃奇。提壶挂寒柯，远望时复为。
> 吾生梦幻间，何事绁尘羁。

"连林人不觉，独树众乃奇"，此中多含哲理，虽然也是一种常见的情形，大家都不注意，是陶渊明率先提出来的，遂成警句。

在诗里谈哲理，是魏晋时的一种风气，但许多玄言诗人所叹的哲理大抵是从老庄、《周易》里面抄来的，没有多少自己的新发现和新体悟，而且一味说理，干巴巴的没有诗意。陶渊明诗中的哲理则出于自己的体认，而且以具体的形象来表达，水平便不可同日而语了。

"易代随时，迷变则愚"

陶渊明一生中经历过许多变动，其中最重大的是改朝换代：刘裕（宋武帝）结束了混乱腐朽的东晋，建立起新的刘宋王朝来。刘裕在历史上是大有贡献的，前辈史家夏曾佑（1865—1924）曾经指出："二十四史中，人主得国之正，功业之高，汉高（按即刘邦）而外，当推宋武，不得以混一偏安之异，而有所轩轾也。"（《中国古代史》，河北教育出版社2003年新印本，第395页）

陶渊明对晋、宋易代是认可的，只是对刘裕的个别做法有所保留。而先前颇有学者认为陶渊明是反对刘裕改朝换代的，并就此对陶渊明大加称颂。这种意见并不符合实际。（参见顾农《从陶渊明〈述酒〉诗说到他的政治态度》，《文学遗产》2017年第2期）陶渊明绝不是保守的迂儒，尽管他也不赞成靠面谀今上以获得亲贵的机会主义作风。

陶渊明《读史述九章》里有一首《鲁二儒》。历史上的鲁二儒与叔孙通同时，而作风恰成对比。《史记·刘敬叔孙通列传》载：汉五年叔孙通为刘邦制定朝仪，颇采古礼与秦仪杂就之，帮助朝廷把尊卑上下的秩序建立起来，他召集鲁地的儒生三十余人一道去为新朝廷服务，当时有两位儒生不肯同行，他们对叔孙通说："公所事者且十主，皆面谀以得亲贵。今天下初定，死者未葬，伤者未起，又欲起礼乐。礼乐所由起，积德百年而后可兴也。吾不忍为公所为。公所为不合古。公往矣，无污吾！"叔孙通嘲笑他们说："若真鄙儒也，不知时变。"

陶渊明的《鲁二儒》诗云：

易代随时，迷变则愚。介介若人，特为贞夫。
德不百年，污我诗书。逝然不顾，被褐幽居。

这首诗曾经被理解为专门歌颂鲁二儒，并进而联系晋、宋易代的现实，认为陶渊明是反对易代，"耻事二姓"的（详见葛立方《韵语阳秋》卷五）。这是一种很大的误解。鲁二儒不肯跟着叔孙通去为新兴的汉朝制定朝仪，并不是反对汉朝，不是反对秦、汉易代，而是觉得现在就来制礼作乐为时太早了一点，要等新王朝稳定下来，治好战争的创伤，安葬死者，抚养伤者，多积些德，然后才能谈到礼乐。他们不反对易代，也不是不知时变，而只是反对叔孙通的政治投机，以面谀而得亲贵。

"易代随时，迷变则愚"，叔孙通说过这样的意思，这在他只是唱高调，这话本身原是对的，陶渊明也是赞成的。与时俱进是一个大原则，至于具体的做法，则他宁可倾向于鲁二儒，主张更加持重稳妥一些。

这里诗的前二句和后六句相反相成。陶渊明超越了叔孙通，也超越了鲁二儒，同时又吸收了他们的正确意见，达成了二者的综合。

如果说这里曲折地表达了他对晋、宋易代的态度，那就是既不反对易代，也不赞成立即对这个新王朝大加歌颂。他还要再观察观察。这种不肯立马趋时的态度，在历史上并不罕见；当然这样的士人也自然一定不会时髦，得意。

"吁嗟身后名，于我若浮烟"

名和利是世俗之人力争的，孜孜为利一般认为品格最下，主要求名不甚求利略高一等，不图当时之名而考虑身后之名，则相当高了，因为这已着眼于未来。

陶渊明求过利，他说自己多次出去当官都是"口腹自役"（《归去来兮辞》）；他也求过名，"病奇名之不立"（《感士不遇赋》）；并且承认身后之名比一时之名更加有意义——而到最后，他又进而认识到身后名其实也无关紧要，也是空的，像"浮烟"一样同自己没有多少相干。自己的归隐家园，安贫乐道，并不是为了什么身后之名。

《怨诗楚调示庞主簿邓治中》里"吁嗟身后名，于我若浮烟"这两句诗可以说是陶渊明关于人生思考的最后结论之一。他又有两句诗道："百年归丘垄，用此空名道？"（《杂诗》其四）与此互为呼应。踏踏实实好好活着最重要，忙什么空名啊。

"即事如已高，何必升华嵩"

"即事如已高，何必升华嵩"这两句诗见于陶渊明的《五月旦作和戴主簿》：

> 虚舟纵逸棹，回复遂无穷。发岁始俯仰，星纪奄将中。
> 南窗罕悴物，北林荣且丰。神渊写时雨，晨色奏景风。
> 既来孰不去，人理固有终。居常待其尽，曲肱岂伤冲。
> 迁化或夷险，肆志无窊隆。即事如已高，何必升华嵩。

陶渊明在这首和戴主簿的诗中主要谈世事总是不断在变化运动之中，有来有往，往复无穷；所以为人要有定力，要能同世界和谐相处。"即事如已高，何必升华嵩"意思说应当超越具体物象，领会人生真谛。

升到华山、嵩山之巅，固然是高了；而如果采取一种超越世俗碎屑的人生态度，也就是进入了崇高的境界。

陶渊明是玄言诗的绝顶高手，他从不抽象地演说玄理,而是在生活中领悟和提炼哲理。本诗由时序和景物入手,进而讲到人事,再进而高升到形而上的领域,最后又用一个不一定要爬上高山而自可登高望远的比喻作为收束。这就比一般常见的哲学讲义式的玄言诗高明得多了。

原载《书屋》2019 年第 9 期

陶渊明未作游庐山诗

陶渊明的故乡柴桑就在庐山脚下，他登山游览的次数，实在多到无法统计；后来年纪大了，腿脚不便，还让儿子和门人用"篮舆"即一种土造的担架把他抬上山去。其游兴之浓有如此者，但他却没有留下一首专题描写庐山胜景的诗篇。

东晋末年新任江州刺史王弘曾经打算去拜访本地隐逸名流陶渊明，遭到婉拒，注意礼贤下士的王弘就请陶渊明的朋友在他去庐山的半道上安排一点酒水招待他，陶渊明一见到酒就兴奋，两位老友便喝起来；喝着喝着王弘大人驾到，于是大家一起喝酒，关系也就解冻了。陶渊明上庐山的频率之高由此可以推见。

陶渊明在诗里也曾提到过几次庐山，称为"南山"或"南岳"。其诗有云："采菊东篱下，悠然望南山。"（《饮酒》其五）这是在自家院子的东篱之下，远望庐山。他又有"种豆南山下，草盛豆苗稀"(《归园田居》其三)、"去去欲何之，南山有旧宅"(《杂诗》其七)、"素砾皛修渚，南岳无余云"(《述酒》)等句，也都是拿庐山作为背景，轻轻点到一下，没有展开具体的描写。

现在名山大川里挤满了游客，摄影留念者如过江之鲫，多到无法统计；关于名山大川的诗文也多到无法统计。而诗人陶渊明却没有留下一首登庐山一游的大作。这是有点奇怪的。前人已经注意到这一情况，乔亿《剑溪诗说》卷上说，陶公"集中无庐山诗。古人胸中无感触时，虽遇胜景，不苟作如此"。

关于风景名胜的苟作之诗，无论古代还是现当代，全都是多到无法统计。陶渊明确为远离流俗的高人。

原载《今晚报》2019年6月20日第9版《副刊》

谢灵运如何走向山水诗及其开辟的浙东旅游路线

一

中国古代作家里有爵位的不多，而谢灵运（385—433）拥有最高级别的爵位——公爵。其祖父谢玄（343—388）因淝水之战的巨大军功封为康乐公，死后爵位由儿子谢瑍继承，谢瑍早亡，遂由贤孙谢灵运袭封，其时他才十五岁。晋宋易代（420）之后，前朝的种种均已作废，但谢灵运仍然保留了一个侯爵的头衔。刘宋的开国之君刘裕下诏书道："晋氏封爵，咸随运改；至于德参微管，勋济苍生，爱人怀树，犹或勿剪，虽在异代，义无泯绝。降杀之宜，一依前典。可降始兴公封始兴县公，庐陵公封柴桑县公，各千户；始安公封荔浦县侯，长沙公封澧陵县侯，康乐公可即封县侯，各五百户；以奉晋故丞相王导、太傅谢安、大将军温峤、大司马陶侃、车骑将军谢玄之祀。"

刘裕既要树立新皇权的权威，同时也十分注意争取前东晋王朝诸世族高门之后裔的支持。高级贵族谢灵运始终享有巨大的特权。

东晋末年北府兵将领刘裕崛起，谢家不少成员看准了形势愿意跟着他走，谢灵运也是其中的一个，他先后担任过太尉刘裕的参军、刘裕长子刘义符（406—424）的近侍——他承认刘裕在当时政局中的主导地位。晋、宋易代之后，谢灵运继续支持新兴的刘宋王朝，希望在这里大显身手。稍后形势发生变化，武帝刘裕匆匆去世，太子刘义符继位，稍后谢灵运却忽然被免去散骑常侍一职（永初三年，422年），出为永嘉（今浙江温州）太守。从此以后他在政治上始终不甚得意，而其贵族脾气始终未改。

刘宋初年的权臣徐羡之、傅亮等人相当厉害，他们对继刘裕之位的小皇帝刘义符不满，密谋废去，而欲迎立刘裕的第三子刘义隆（407—453）；为了达此目的，他们首先就要对付刘义符的二弟、刘义隆的二哥庐陵王刘义真（407—424）。在刘裕的几个儿子中刘义真是比较有才干的一个，刘裕曾经一度考虑立他为太子，后来没有实现；刘裕临终前不久任命刘义真为"使持节、侍中、都督南豫豫雍司秦并六州诸军事、车骑将军、开府仪同三司、南豫州刺史，出镇历阳，未之任而高祖崩"。他在参加过高祖刘裕的丧礼以后赴任，史载其出都时"与（谢）灵运、（颜）延之、慧琳等共视部伍"，到任不久，就"表求还都"。据说他曾说过"得志之日,以灵运、延之为宰相,慧琳为西豫州都督"(《宋书·庐陵王义真传》)。这显然是一种帝王式的人事安排。徐羡之、傅亮等人为了保住自己的权位遂先行下手,以"委弃藩屏,志还京邑,潜怀异图,希幸非冀"的罪名将义真废为庶人,而在这以前更先行把刘义真拟议中的宰相谢灵运赶出国门。

谢灵运出为永嘉太守离开首都时,作《邻里相送至方山》一诗,大发牢骚;其时的另一首诗《之郡初发都》有句云"生幸休明世,亲蒙英达顾","英达"即指刘义真;该诗又云"将穷山海迹,永绝赏心晤",与志同道合的友人分别让他十分伤心。现存谢灵运遗文中有一封《与庐陵王义真笺》,信末说"若遣一介有以相存,真可谓千载盛美也",可见他们一向保持着密切的联系,而这正是徐羡之、傅亮辈最不放心之事。

到达永嘉之后,满腹牢骚的谢灵运根本不好好地当他的地方官,而是"肆意游遨,遍历诸县,动逾旬朔。民间听讼,不复关怀。……在郡一周,称疾去职"(《宋书·谢灵运传》),此后他就回到他自家的始宁(今浙江上虞)庄园里去了。

不肯做多少具体工作是东晋名士派官僚的通病,他们既是门阀贵族,也是高踞于半空中的精神贵族,一向"以望空为高而笑勤恪"(干宝《晋纪·总论》),谢灵运则将这种作风发挥到极致,同时仍然高自期许,他真是一身的贵族气。稍后在著名的《登池上楼》一诗中，他以"潜虬""飞鸿"自喻，其自我期许之高亦不难概见。

不久以后，政局再度发生重大变化，刘义隆登极（后称宋文帝）以后，很快杀掉了当年发动政变擅自废立皇帝的权臣徐羡之等人，为他的二哥刘义真平反昭雪，恢复名誉和地位；谢灵运则被请回首都，担任文人们最为仰慕的清贵高官秘书监。元嘉三年（426）春天，谢灵运在进京的途中特别去凭吊庐陵王的陵墓，写下了著名的诗篇《庐陵王墓下作》。此诗从自己的行程写起，说天还没有大亮就趁着月光从云阳（今江苏丹阳）出发，到太阳落山才到达朱方（今江苏镇江。刘宋皇室的陵墓大抵在朱方的郊区）。诗人对这位不幸遇害、埋葬于此的少年王子表示最沉痛的哀悼。在徐羡之等人横行的岁月里，小人猖獗，君子道消，自己十分愤懑而无从表达，郁积于胸中已久；现在拨乱反正，国运中兴，才得以一抒其哀悼的深情。

在中枢担任秘书监虽然是空前之好的际遇，但自视极高的谢灵运并不满意。秘书监一职虽有很高的文化地位而无事权，谢灵运却是希望参机密、当宰相的，区区一个"掌艺文图籍"（《宋书·百官志中》）的三品闲官有什么意思！在这个岗位上他仍然不正经做事，"多称疾不朝"，常常游山玩水，"经旬不归，既无表闻，又不请急"（《宋书·谢灵运传》），完全目无朝纲。元嘉五年（428）被免职。当朝皇帝刘义隆对他原是非常照顾的，当谢灵运居家期间向会稽地方官索要土地山泽的时候，刘义隆是同意了的；后来又安排他为临川内史，破格给予优厚的待遇；但这些仍然不合谢灵运的口味，"在郡游放不异永嘉"，他大摆其贵族架子，又过高地估计了文帝对他的宽容，终于很快走向了末路。

谢灵运晚年的遭遇非常富于传奇性。《宋书》本传说他犯了谋反罪而"为有司所纠"，廷尉（大法官）判他死刑。其实谢灵运虽然对自己的待遇并不满意，但远没有到达妄图造反的地步，他也没有什么实力可以"兴兵叛逸"。后来的事情越发离奇古怪，《宋书》本传继续写道：

> 其后秦郡府将宗齐受至涂口，行达桃墟村，见有七人下路乱语，疑非常人，还告郡县，遣兵随齐受掩讨，遂共格战，悉擒付狱。其一人姓赵名钦，山阳县人，云："同村薛道双先与谢康乐共事，以去九月初，道双因同村成国报钦云：'先作临川郡、犯事徙送广州谢，给钱令买弓箭刀盾等物，使道双要合乡里健儿，于三江口篡取谢。若得者，如意之后，功劳是同。'遂合部党要谢，不及。既还，饥馑，缘路为劫盗。"有司又奏依法收治。太祖诏于广州行弃市刑。

由一个据说曾经"与谢康乐共事"的薛道双其人来安排和指挥小股武装在途中营救谢灵运，这一套证词估计乃是主办谢灵运一案之司徒刘义康（407—451）等人的捏造，非要置他于死地不可。刘义康是文帝刘义隆的弟弟（武帝第四子），"素无术学，暗于大体"，而其时他在一人之下万人之上，大权在握，"势倾天下"（《宋书·彭城王刘义康传》），制造了许多冤案，弄得诸王大臣人人自危。谢灵运正是死在他的手里。

关于谢灵运的被捕和被杀，《建康实录》（卷十二）补充过一个细节："灵运之居也，雅不治职。前临川内史司马协少子来投义故，灵运舍诸正寝为居，始如酬笑，久而不止，非隐其事，讽主者以黩货劾焉。江州部从事收灵运，乃徙广州，敕于南海行刑。"司马协少子的详细情形和他的背景现在都不大清楚，谢灵运为什么对他如此客气，后来又怎么弄出"黩货"的经济问题来，亦复难以明其究竟。

关于谢灵运该死的罪名说法不一，而且往往离奇古怪，正说明凡此种种都是强加给他的，所谓欲加之罪，何患无词。司徒刘义康是一个喜欢通过整人提高自己威望的小人，捏造罪名是他的拿手好戏，狂傲的贵族诗人谢灵运把柄甚多，要打击他可以说是相当容易的。《南史·谢灵运传论》说灵运"猖狂不已，自取覆亡"，从谢灵运过多地授人以柄这个角度来看，是可以这么说；但从根本上来看，他架子太大，遂死于乱抖权威的御弟刘义康之手，而并不是因为他与刘宋王朝有什么根本的对立。

二

谢灵运各种文体都能写,而以诗为主;他的诗什么题材都写过,而以山水诗最为著名,从数量上来说,约占他现存作品的一半。

山水进入诗歌,经历了漫长的历程。早先的《诗经》《楚辞》中,已经有涉及山水的诗句,但一则比较零星,二则也还只是充当某种背景。魏晋以来,诗中山水渐渐有了日见其重要的地位与价值,如曹操的《观沧海》、左思的《招隐诗》、郭璞的《游仙诗》,其中山水的成分日见其多,身价越来越高。等到玄言诗盛行之后,借山水以悟道更成了一种时髦,但大力写山水诗并卓然成家的,还要等谢灵运出来。

谢灵运注意到山水始于他永初三年(422)到永嘉去任职之后,这里风景绝佳,而他的情绪很坏,所以开始时在诗里虽然写到了一点山水,而实以议论和牢骚为主。例如《登江中孤屿》写道:

> 江南倦历览,江北旷周旋。怀新道转迥,寻异景不延。
> 乱流趋孤屿,孤屿媚中川。云日相辉映,空水共澄鲜。
> 表灵物莫赏,蕴真谁为传。想象昆山姿,缅邈区中缘。
> 始信安期术,得尽养生年。

这里的"江"就是城区附近的永嘉江，江中有岛，风景秀美。诗人说江南江北久已游览多次，就是还没有到过江中孤屿。他急于赶路，唯觉路途太长；而抵达景点以后，又觉得时间过得太快了（"寻异景不延"之"景"指时光）。这里空气特别清新，水天一色，云日交辉，这是仙人显现出来的灵异啊，可惜世人却不懂得欣赏。诗人由此联想到神仙所居的昆仑山，他说其实在这里就已经可以感到世俗的世界以及其中种种复杂关系离开自己已经很远了（"想象昆山姿，缅邈区中缘"）；最后归结为学习神仙的长生术。谢灵运原在首都任职，前景看好，现在却忽然被外放到永嘉来，心里老大不舒服，遂不免多有胡思乱想。

但是这首诗中写景的句子并不多，主要就是"云日相辉映，空水共澄鲜"两句，也并不见得如何秀出。前面六句说怎样去江中孤屿，后面六句发表登屿的感想，就写景而言颇近于穿靴戴帽；这种格局正表明诗人的重点在于要表达求仙的诉求而非对于景物的欣赏。在永嘉的这一年，谢灵运的情绪是太不平静了，从政的情结压倒了审美的雅兴。近贤或以为此诗乃是中国山水诗崛起的标志，似为过情之誉。单是有那么一点写景的句子，还不足以成为什么转变的著名标志。

谢灵运后来名气极大，于是他的登江中孤屿并赋诗言志一事也跟着出名。李白曾经有诗咏及，杜甫更在《送裴二虬作尉永嘉》诗中写道："孤屿亭何处？天涯水气中。

故人官就此，绝境与谁同？隐吏逢梅福，看山忆谢公。扁舟吾已具，把钓待秋风。"诗中"故人"指将去永嘉当小官的朋友裴虬，诗人羡慕他也能到江中孤屿那样的绝美之境去大饱眼福了。梅福是古代志在求仙的隐吏，杜甫拿来与谢灵运对举，符合谢公《登江中孤屿》志在求仙的原意。

一个当地最高地方官不好好从事他的政务，却费很大的劲忙于登屿游览，并且幻想成仙，表明他大有情绪——谢灵运本来就不愿意跑到永嘉来充当无聊的郡守，他自己觉得应当参与高层政治运作，最好是当宰相；此事既不可能，那就玩玩吧，最好能成为摆脱世俗的神仙。

《登江中孤屿》与其说是一首山水诗，不如说是政治抒情诗。当然，这里确有写山水景色的成分，并为他此后进一步大写山水作出了某种准备。山水在谢诗中由大发感慨的由头到审美的对象，有一个发展过程。现在他人在江中孤屿，心却在昆仑神山，怎么能写出标志着中国山水诗崛起的作品呢。

著名的《登池上楼》也是感慨多写景少：

潜虬媚幽姿，飞鸿响远音。薄霄愧云浮，栖川怍渊沈。
进德智所拙，退耕力不任。徇禄反穷海，卧疴对空林。
衾枕昧节候，褰开暂窥临。倾耳聆波澜，举目眺岖嵚。
初景革绪风，新阳改故阴。池塘生春草，园柳变鸣禽。

祁祁伤豳歌，萋萋感楚吟。索居易永久，离群难处心。持操岂独古，无闷征在今。

真正写景，也就"初景革绪风，新阳改故阴。池塘生春草，园柳变鸣禽"这么几句。此诗之有名，同灵运梦见堂弟谢惠连而得佳句的著名轶事大有关系。名人的八卦新闻往往有耸动视听的效果。

山水景物看多了，往往也就看出趣味来，渐渐的它们就不再是填补牢骚以后之空白的东西，而是美的具有独立价值的存在。到当年初夏的《游南亭》，谢诗的笔墨就有所不同了：

时竟夕澄霁，云归日西驰。密林含余清，远峰隐半规。
久痗昏垫苦，旅馆眺郊歧。泽兰渐被径，芙蓉始发池。
未厌青春好，已观朱明移。戚戚感物叹，星星白发垂。
药饵情所止，衰疾忽在斯。逝将候秋水，息景偃旧崖。
我志谁与亮，赏心惟良知。

南亭在永嘉近郊，身体不佳的诗人在很普通的景物中看出了美，深感自己应当抛弃无聊的官职，回到自然景物中去体验人生的价值。诗末发点感慨，固然有玄言诗的余波在起作用，也是诗人在努力说服自己，应当退出无聊的官场人事，回归自然去求得内心的平衡和愉悦。《过白岸亭》等诗也有类似的特点。

等到谢灵运离开永嘉回到故乡始宁的庄园去以后，写了更多的山水诗，祖父谢玄留下的产业规模宏大，这里的山山水水都是他家庄园中物，所以写起诗来特别亲切有感情，如《石壁精舍还湖中作》：

> 昏旦变气候，山水含清晖。清晖能娱人，游子憺忘归。
> 出谷日尚早，入舟阳已微。林壑敛暝色，云霞收夕霏。
> 芰荷迭映蔚，蒲稗相因依。披拂趋南径，愉悦偃东扉。
> 虑澹物自轻，意惬理无违。寄言摄生客，试用此道推。

这里提到的精舍是他自家新建的高档建筑，这样的山水诗其实也就是他的田园诗，无非是他家的田园占地甚广，非常阔气，内有真山真水，可以供他漫游欣赏罢了。山水娱人，游子忘归，此是审美的态度。

当谢灵运的游山玩水主要不再是驱愁解闷的手段而近于目的本身之后，他的笔墨相应地发生了一个大变化，那就是致力于细致地描写景物本身，而无须以写景为跳板很快就转到大发议论上去，这样山水诗中"极貌以写物"（《文心雕龙·明诗》）的笔法就形成了，用钟嵘的话来说则是"尚巧似"，笔墨近于工笔画。这种新的写作路径在谢灵运两度回到故乡隐居以及出守临川之后变得越发分明。

当谢灵运在首都当了一阵子秘书监复回始宁并再度大规模地展开旅游之后,有《石门岩上宿》一诗:

朝搴苑中兰,畏彼霜下歇。暝还云际宿,弄此石上月。
鸟鸣识夜栖,木落知风发。异音同至听,殊响俱清越。
妙物莫为赏,芳醑谁与伐?美人竟不来,阳阿徒晞发。

石门山在今嵊县西北,谢灵运一再歌咏过这里秀丽的风光。在这首夜宿石门的诗里,苑中兰,石上月,夜里的鸟鸣,风中的落叶,山中的一切无不与自己息息相通。这里没有什么政治牢骚,只有审美的情趣和淡淡的惆怅。作为山水诗人,谢灵运到这时算是成熟了。由此反观《登江中孤屿》或《登池上楼》,只觉得那时还不免计较官场得失,耿耿于怀,气急败坏,虽置身于美景之中而其实大煞风景。

自家的田园再大,范围到底有限,谢灵运要扩大范围,到更广阔的天地里去。浙东好山好水太多,一定要走出去。于是他努力开辟旅游路线,"尝自始宁南山,伐木开径,直至临海,从者数百人",他带了大量的家丁门生,开山辟路,如此浩大的声势引起很大的误会,"临海太守王琇惊骇,谓为山贼,徐知是灵运,乃安。又要琇更进,琇不肯"(《宋书·谢灵运传》)。由绍兴到台州的这一条现在被称为"浙东唐诗之路"的路线,最初是由谢灵运率众开辟的，似应称为"谢灵运路线"，后来唐代的诗人们一路旅游写诗，是跟着他走的。

为了便于爬山，谢灵运别出心裁地发明了一种登山木鞋，鞋底有可拆卸的牙齿，上山则去其前齿，下山去其后齿，这种大有创意颇具科技含量的旅游鞋后来被称为"谢公屐"，在历史上很有名。他戴的曲柄斗笠很特别，大约也同经常爬山旅游有关。谢灵运堪称中国最早的旅行家和旅游产品开发专家。

稍后在去临川途中经过湖口时，谢灵运写下了足以代表他山水诗最高水平的《入彭蠡湖口》："客游倦水宿，风潮难具论。洲岛骤回合，圻岸屡崩奔。乘月听哀狖，浥露馥芳荪。春晚绿野秀，岩高白云屯。千念集日夜，万感盈朝昏。攀崖照石镜，牵叶入松门。三江事多往，九派理空存。灵物吝珍怪，异人秘精魂。金膏灭明光，水碧缀流温。徒作千里曲，弦绝念弥敦。"谢灵运本人原是画家（详见张彦远《历代名画记》卷二），而他在这首诗里有不少工笔的写实的描画，崩塌的湖岸，夜啼的哀猿，带露的芳草，绿色的原野，山端的白云，林中的曲折，诗人一一细描，可以据此作出画来。

谢灵运一路走来，终于抵达了山水之美。而他讲究形似，声色大开的诗风，大大影响了整个南朝诗歌创作的艺术走向。

谢灵运本来最感兴趣的是政治，有着极高的抱负，而终于一事无成，死于非命，他无可奈何而以山水诗名家，并因为写出了自然之美而获得了一顶"元嘉之雄"（《诗品·序》）的桂冠。许多一流的诗人都是不得已才来当他的诗人的。由谢灵运开辟的浙东山水旅游路线，在唐代大放光芒，至今仍方兴未艾，引导人们更深入地欣赏鬼斧神工的自然之美和同样不朽的诗歌之美。

原载《中华读书报》2019年8月21日第5版《瞭望》

关于南朝作家谢惠连

元嘉五年（428），大诗人谢灵运（385—433）被免去秘书监一职，从首都回到家乡会稽始宁庄园（在今浙江上虞），"与族弟惠连、东海何长瑜、颍川荀雍、泰山羊璿之，以文章赏会，共为山泽之游，时人谓之四友"（《宋书·谢灵运传》）。谢灵运和围绕着他的"四友"乃是刘宋初年文坛上一个小小的文学朋友圈，灵运是当然的领袖，成员中最为秀出的则是年龄最小的堂弟谢惠连（407—433）。

一

谢惠连是谢灵运族叔谢方明的儿子，比谢灵运要小二十多岁。小谢才华杰出，早熟早逝，"年十岁能属文"（《南史·谢惠连传》），而享年仅二十有七。

《宋书·谢方明传》载："惠连先爱会稽郡吏杜德灵，

及居父忧,赠以五言诗十余首。"又《宋书·宗室·义宗传》云:"(杜)德灵雅有姿色,为义宗所爱宠;本会稽郡吏,谢方明为郡,方明子惠连爱幸之,为之赋诗十余首。"同性恋古已有之,但始终没有合法的地位,儿子有这种癖好,官居太守的谢方明对他很不满意。

堂兄谢灵运则对惠连特别欣赏,《宋书·谢灵运传》载:"惠连幼有才悟,而轻薄不为父方明所知。灵运去永嘉还始宁,时方明为会稽郡,灵运尝自始宁至会稽,造方明,过视惠连,大相知赏,时(何)长瑜教惠连读书,亦在郡内,灵运又以为绝伦,谓方明曰:'阿连才悟如此,而尊作常儿遇之;何长瑜当今仲宣,而饴以下客之食。尊既不能礼贤,宜以长瑜还灵运。'灵运载之而去。"谢灵运抛弃永嘉太守一职回到始宁庄园在景平元年(423),本年谢方明为会稽郡守。到元嘉五年(428),谢灵运由首都重回始宁之时,方明已死,阿连无人管束,直到元嘉七年(430)他被司徒、彭城王刘义康辟为法曹参军,其间前后有好几年完全跟灵运厮守在一起。

谢灵运认识惠连并且特别欣赏他,应当还要早于景平元年,《诗品》卷中谢惠连条云:

小谢才思富捷,恨其兰玉凋,故长辔未骋。《秋怀》《捣衣》之作,虽复灵运锐思,亦何以加焉。又工为绮丽歌谣,风人第一。《谢氏家录》云:"康乐每对惠连,辄得佳语。后在永嘉西堂，思诗竟日不就，寤寐间忽见惠连，即成'池塘生春草'，故尝云：'此语有神助，非我语也。'"

《谢氏家录》所载之事，表明灵运尚在永嘉任职时已经对惠连极有感情，而且是一种大大超乎堂兄弟手足之情的特殊的感情，以至于寤寐之间忽见之。这显然是很不一般的，颇令人怀疑他们之间也有一种同性恋的倾向。

谢灵运平生有一著名的故事，就是所谓"千秋亭饮酒"事件："……又与王弘之诸人出千秋亭饮酒，裸身大呼，（孟）顗深不堪，遣信相闻。灵运大怒曰：'身自大呼，何关痴人事！'"（《南史·谢灵运传》）。孟顗于元嘉三年（426）接替谢方明担任会稽郡太守，谢灵运同他矛盾很深，主要的冲突一是两人对于佛教的见解大相径庭，二是灵运欲求湖造田，连皇帝都同意了，而孟顗两次顶住不办，还上书告了谢灵运一状，指控他有谋反的意思。"千秋亭饮酒"事件估计也在其中发挥作用。关于这一事件的时间、地点、人物都不那么清楚，但有一点是很分明的：灵运的生活作风确实很有些怪异狂放，不符合传统的规范。聚会时大裸其体，当与同性恋的倾向很可能有关。同性恋者自然欣赏同性的人体之美。灵运的曾孙谢几卿也有裸体癖，他仕于萧梁时"尝于阁省裸袒酣饮，及醉小遗，下沾令史，为南司所弹，几卿亦不介意。转左光禄长史"（《南史·谢灵运传》）。不知道这里是不是存在一种"返祖"遗传的现象。

谢灵运与惠连之间有些暧昧的感情，也见之于灵运的《登临海峤》一诗中。诗云——

杪秋寻远山，山远行不近。与子别山阿，含酸赴修畛。
中流袂就判，欲去情不忍。顾望脰未悁，汀曲舟已隐。

隐汀绝望舟，骛棹逐惊流。欲抑一生欢，并奔千里游。
日落当栖薄，系缆临江楼。岂惟夕情敛，忆尔共淹留。

淹留昔时欢，复增今日叹。兹情已分虑，况乃协悲端。
秋泉鸣北涧，哀猿响南峦。戚戚新别心，凄凄久念攒。

攒念攻别心，旦发清溪阴。瞑投剡中宿，明登天姥岑。
高高入云霓，还期那可寻？倘遇浮丘公，长绝子徽音。

谢灵运这首诗入选《文选》（卷二十五），题作《登临海峤初发强中作与从弟惠连，见羊、何共和之》，是一首留别之作。谢灵运游临海在元嘉六年（429）的秋天，先是元嘉五年（428），灵运离开秘书监一职，从首都回到家乡会稽始宁，与族弟惠连等"四友"玩在一起。在这首诗的标题中"四友"就被提到了三位，谢灵运要求他们为自己的新作写出和诗。

"强中"是从始宁去临海途中的一个地名（同治《嵊

县志》载："强口溪在县西北二十五里谢游乡，水自仙岩入剡溪……又名强中"）。谢灵运这次游临海（今浙江台州）乃是自行开辟的新的旅游路线（即后来之所谓"浙东唐诗之路"），伐木开路，从者数百，曾经引起很大误解和恐慌。此行开始的一段是沿剡溪坐船，然后才逢山开路，去游天姥山等处。

这首诗中关于山水的描写并不甚多，主要抒写离愁别恨。令人感到惊奇的是诗人与惠连这次暂时的离别并没有任何不得已的痛苦的原因，无非是他要出去游山玩水——自己想出门旅游，又何至于忧伤如此？

在山阿分手以后，诗人上了船，回望惠连，脖子（"脰"）还没有感到酸痛（"悁"），船一拐弯，就隐没于汀曲之中，随着湍急的流水急驶而去了。"欲抑一生欢，并奔千里游"两句稍稍费解，《文选》李善注云："言远别已为抑欢，千里逾加离思。"解释得不能说不对，但因出游而暂时分离就忧伤到这个程度，终觉不免有些古怪。刘履《选诗补注》卷六联系下文作出串讲道："欲抑平生相与之欢，而独为远游，然于将夕栖薄之处，不惟情虑复聚，且以向尝共尔淹留于此，而今不能不思念之也。"此说启发读者怀疑谢灵运与惠连之间是不是有一种同性恋的关系。谢灵运是一个旅游狂，临海是非去不可的；而此行要伐木开山，体弱的惠连去不成，于是诗人就大大地有些舍不得，很有些心神不定了。诗的最后两句说，自己如果在山上遇到仙人浮丘公，那就会"长绝子徽音"。灵运原是不相信什么神仙之说的，所以这个结尾等于说我们的感情是永远不会中断的。

暂别之际说这样分量极重的话，很有点异乎寻常。这是情人间的离别吧。

《文选》卷二十五里还有谢灵运与谢惠连一组赠答诗。元嘉七年（430）谢惠连离开谢灵运到首都任职，途中作《西陵遇雨献康乐》，说了许多留恋不舍情意绵绵的话；灵运就此作《酬从弟惠连》，一开始就说起自己与这位从弟特别密切的关系，"欢爱隔音容"让他卧病不起，不愿意同人们来往（"寝瘵谢人徒"），只有和惠连一起的时候，才"开颜披心胸"。诗的第二章道——

心胸既云披，意得咸在斯。凌涧寻我室，散帙问所知。夕虑晓月流，朝忌曛日驰。悟对无厌歇，聚散成分离。

以下还有若干情意很深的诗句。凡此种种，很可能都以他们之间的同性恋关系为背景。别后他们联系仍然十分密切，现在还可以看到谢灵运的一首《答谢惠连》："怀人行千里，我劳盈十旬。别时花灼灼，别后叶蓁蓁。"惠连当先有赠诗，可惜已经看不到了。

同性恋是古今社会生活中都可以看到的现象，在中国古代的文学艺术作品中也颇有反映，但一则比较隐晦，二则学者们对这个一向被斥为"轻薄"的禁区甚少论及，所以不甚为人所知。常见的异性之间的爱情能产生一种美好而巨大的精神力量，同性恋亦未尝不能产生某种精神能量，疑似的同性恋者谢灵运"每对惠连，辄得佳语"，似有"神助"，正是现成而突出的一例。

二

谢惠连的诗今存三十余首，乐府和徒诗大约各一半，乐府多相思离别之词，诗风绮丽；而《秋怀》诗则"调响思逸，句句醒快"（闵齐华《文选瀹注》卷十一引孙鑛评语），又是一种格调。他也很能写景，水平似不在灵运之下，如《西陵遇雨献康乐》五章其四云：

屯云蔽曾岭，惊风涌飞流。零雨润坟泽，落雪洒林丘。浮氛晦崖巇，积素惑原畴。曲汜薄停旅，通川绝行舟。

写途中所见，风雨交加，这与他不愿意同族兄离别时暗淡的心情正相契合。他又善于描写女性，著名的《捣衣诗》（《文选》卷三十）云：

衡纪无淹度，晷运倏如催。白露滋园菊，秋风落庭槐。肃肃莎鸡羽，烈烈寒螀啼。夕阴结空幕，宵月皓中闱。

美人戒裳服，端饰相招携。簪玉出北房，鸣金步南阶。栏高砧响发，楹长杵声哀。微芳起两袖，轻汗染双题。纨素既已成，君子行未归。裁用笥中刀，缝为万里衣。盈箧自余手，幽缄俟君开。腰带准畴昔，不知今是非。

古代民间自家生产的纺织品比较粗糙僵硬，在用来做衣服之前，须置于木砧之上，用木槌反复捶击，使之回软，以便加工。吴淇说："裁之缝之，始得成衣。当其捣之，犹未成乎衣者。题曰《捣衣》，为其为衣而捣之耳。故美人之情见乎缄箧之后，而作者已识于捣之之先。"（《六朝选诗定论》卷十四）这种类型的"捣衣"后来另有一种说法叫作"捣练"。

捣衣是古代妇女在冬天来到之前最重要的家务劳动之一，其中往往寄托着对亲人的感情，在丈夫远出时尤其如此。诗中"腰带准畴昔，不知今是非"，委婉地流露闺怨，含蓄深沉，相当动人，前人评为"妙绝千古"（彭端叔《雪夜诗谈》）；"微芳起两袖，轻汗染双题"表现两人对坐捣衣时的情形，并将这一劳动加以美化，是历来传诵的佳句。

捣衣在后代诗歌中成为一大热门题材，名句如"秋夜捣衣声，飞度长门城"（庾信《夜听捣衣》）、"九月寒砧催木叶，十年征戍忆辽阳"（沈佺期《古意》）、"长安一片月，万户捣衣声"（李白《子夜吴歌》）、"寒衣处处催刀尺，白帝城高急暮砧"（杜甫《秋兴》）、"千家砧杵共秋声"（钱起《乐游园晴望，上中书李侍郎》），等等。在捣衣这个题材上，谢惠连乃是导夫其先路者。

惠连的辞赋和文章也有很高的水平，其《雪赋》（《文选》卷十三）与谢庄的《月赋》齐名，赋末乱辞云："白羽虽白，质以轻兮。白玉虽白，空守贞兮。未若兹雪，因时兴灭。玄阴凝不昧其洁，太阳曜不固其节。节岂我名，洁岂我贞。凭云升降，从风飘零。值物赋象，任地班形。素因遇立，污随染成。纵心皓然，何虑何营？"仍有汉赋"比德"传统之遗意，这大约是因为此赋假托司马相如的缘故，而确为见道之言。

元嘉七年（430）彭城王刘义康在从事基础建设时无意中掘出一座古冢，于是予以迁葬，并命惠连就此事作《祭古冢文》（《文选》卷六十）。小谢文前有小序云："东府掘城北堑，入丈余，得古冢。上无封域，不用砖甓，以木为椁，中有二棺，正方，两头无和。明器之属，材瓦铜漆，有数十种，多异形，不可尽识。刻木为人，长三尺，可有二十余头，初开，见悉是人形，以物栿拨之，应手灰灭。棺上有五铢钱百余枚，水中有甘蔗节及梅、李核，瓜瓣，皆浮出不甚烂坏。铭志不存，世代不可得而知也。公命城者改埋于东冈，祭之以豚酒。"颇近于一份考古简报。祭文云：

> 悉总徒旅，板筑是司。穷泉为堑，聚壤成基。一椁既启，双棺在兹。舍奠凄怆，纵锸涟而。刍灵已毁，涂车既摧。几筵糜腐，俎豆倾低。盘或梅李，盎或醓醢。蔗传余节，瓜表遗犀。追惟夫子，生自何代？曜质几年，潜灵几载？为寿为夭？宁显宁晦？铭志湮灭，姓氏不传。今谁子后？曩谁子先？功名美恶，如何蔑然。
>
> 百堵皆作，十仞斯齐。墉不可转，堑不可回。黄肠既毁，便房已颓。循题兴念，抚俑增哀。射声垂仁，广汉流渥。祠骸府阿，掩骼城曲。仰美古风，为君改卜。轮移北隍，窀穸东麓。圹即新营，棺仍旧木。合葬非古，周公所存。敬遵昔义，还祔双魂。酒以两壶，牲以特豚。幽灵仿佛，歆我牺樽。呜呼哀哉！

充分表达了对于无名逝者的尊重和同情。这种没有明确对象的祭文实在很难写，而谢惠连处理得非常恰当而且巧妙，表现了中国古人深厚的人道主义精神，文字亦"简而有意"（张溥《汉魏六朝百三家集·谢法曹集·题辞》），无愧名篇。

三

"四友"中另外三位情况大致如下：

何长瑜（？—446？），东海人，是谢惠连的老师，颇有文才,而谢灵运比之为王粲("当今仲宣"),大约是过情之美誉。后为荆州刺史、临川王刘义庆记室参军,义庆死后另就新职,途中死于一场暴风雨。有集八卷,其诗钟嵘《诗品》列入下品,今仅存二首,其《嘲府僚诗》云:"陆展染鬓发,欲以媚侧室。青青不解久,星星行复出。"由此可知染发一事,固然于今为烈,其实古已有之;另一首是《离合诗》。二诗皆游戏之作。

荀雍(字道雍,生卒年不详),颍川人,原有集四卷,亡佚殆尽,现在只能看到一首诗中的四句,无甚特色。

羊璿之(字曜瑶,?—459),出身于著名的高门泰山羊氏,他后来追随竟陵王刘诞(文帝刘义隆第六子,433—459)。大明三年(459)刘诞据广陵反,被孝武帝发兵镇压,羊璿之也被诛。其诗钟嵘《诗品》列入下品,但现在完全看不到了;他的文章也完全亡佚。

"四友"中最有才气的是年纪最小的谢惠连,谢灵运自然最看好他。

原载《文史知识》2019 年第 12 期

两首《木兰诗》的异同

中古时代民歌中的女英雄木兰（应是姓木名兰，但后世被认为是姓花名木兰）代父从军的故事，在中国家喻户晓，其源出于《乐府诗集》卷二十五——但这里有两首《木兰诗》，前一首为"古辞"，就是人们熟知的以"唧唧复唧唧，木兰当户织"开始的那首著名的北朝民歌；后一首是唐代浙江西道观察使兼御史中丞韦元甫（？—771）续作的，读者一向比较少，其实也很值得玩味，兹全引如下——

木兰抱杼叹，借问复为谁？欲闻所戚戚，感激强其颜。
老父隶兵籍，气力日衰耗。岂足万里行，有子复尚少。
胡沙没马足，朔风裂人肤。老父旧羸疾，何以强自扶。
木兰代父去，秣马备戎行。易却纨绮裳，洗却铅粉妆。
驰马赴军幕，慷慨携干将。朝屯雪山下，暮宿青海傍。

夜袭燕支虏，更携于阗羌。将军得胜归，士卒还故乡。

父母见木兰，喜极成悲伤。木兰能承父母颜，却卸巾鞲理丝簧。

昔为烈士雄，今复娇子容。亲戚持酒贺，父母始知生女与男同。

门前旧军都，十年共崎岖。本结兄弟交，死战誓不渝。

今也见木兰，言声虽是颜貌殊。惊愕不敢前，叹重徒嘻吁。

世有臣子心，能如木兰节。忠孝两不渝，千古之名焉可灭！

韦诗的主要情节同《木兰诗》古辞大抵相同，而最后归结为忠孝双全，同原作结尾（"雄兔脚扑朔，雌兔眼迷离；双兔傍地走，安能辨我是雄雌？"）所表达的女性自豪感有较大差距。古代文人写起诗来，总是忘不了强调忠孝两全一类的主流意识形态，而民间文学作品虽然价值取向大抵与主流一致，但一般不以此来"曲终奏雅"，而更多生活的情趣。以干枯的直说取代原先生动的隐喻，也显得落入第二义。韦元甫只是一位业余水平的诗人。

从《木兰诗》古辞以及韦元甫的续作看去，它们都可以纳入边塞诗这种类型里去。古辞中木兰的故乡应在黄河以南，她从军出征的路线，是一路向北挺进。诗中有云——

旦辞爷娘去，暮宿黄河边。

不闻爷娘唤女声，但闻黄河流水鸣溅溅。

旦辞黄河去，暮至黑山头。

不闻爷娘唤女声，但闻燕山胡骑声啾啾。

敌人就在"燕山"一带，诗中称为"胡骑"，表明是那是游牧民族的骑兵。

这些关键词告诉读者，只有了解当时立足于中原的后魏和稍后的东、西魏（以及北齐、北周）同长城以北游牧民族之间的矛盾和斗争，才能明白这首民歌的历史背景，认识它的伟大价值。

后魏及其稍后的政权是由鲜卑族主导的，按南朝几个汉族政权的见地看去，他们就是"胡"，所以有时骂他们是"索虏"；但中原大部分人口还是汉族，占据主导地位的鲜卑族则努力实行汉化，他们也以炎黄子孙自居（《北史·魏本纪》："魏之先出自黄帝轩辕氏，黄帝子曰昌意，昌意之少子受封北国，有大鲜卑山，因以为号。"），以华夏正统自居，而称长城以北的还在过游牧生活的其他民族为"胡"。

中古时代的华夏与胡人之分大抵不在种族而在文化，在生活方式：凡主要从事农耕，信仰周公、孔子以来正统思想，就是中华；而居无定所过游牧生活不讲传统文化的，则是夷狄胡人。

两首《木兰诗》的异同

这时的中原政权亦即后魏和稍后的东、西魏以及北齐、北周，一向要在两条战线上作战：既要对付南朝（关系不好的时候骂他们是"岛夷"），也要对付北面的柔然（骂它的时候称为"蠕蠕"）等游牧民族。现在人们往往只重视当时南北朝之间的对立纷争，而不十分关心北与更北的对立纷争，而如果不把眼光放大，就不容易理解当年的历史进程，也读不透《木兰诗》——这首诗里的"胡骑"就指更其北的游牧民族入侵中华的骑兵，木兰代父从军就是去同这样的入侵之敌作战。

陈寅恪先生在《唐代政治史述论稿》之第三章专论"外族盛衰之连环性及外患与内政之关系"，他深刻地指出："观察唐代中国与某甲外族之关系，其范围不可限于某甲外族，必须通览诸外族相互之关系，然后三百年间中国与四夷更叠盛衰之故始得明瞭，当时唐室对外之措施亦可略知其意。盖中国与其所接触诸外族之盛衰兴废，常为多数外族间之连环性，而非中国与某甲外族之单独性也。"（《隋唐制度渊源略论稿 唐代政治史述论稿》，三联书店2001年版，第321页。个别文字据手稿略有改订，详见《唐代政治史略稿手写本》，上海古籍出版社1988年版，第228页）如果站在南朝的见地上说话，北魏是一外族（鲜卑）的政权，而这一外族又同其他外族（如柔然等等）发生关系，这里正有着"外族盛衰之连环性"，而只有将《木兰诗》置于此种连环性中去考察，始可有深入的了解。

《木兰诗》古辞里提到黑山和燕山,这里的燕山实际应指燕然山,而非今河北省境内的燕山,只是为了诗歌的语言之美(与"黄河"搭配)才省称为"燕山"。历史上后魏与柔然的冲突发生过很多次,小规模的战争指不胜屈;而在黑山以北一带举行决定性的大会战是在神䴥二年(429),《魏书》卷一百三《蠕蠕传》载——

神䴥元年八月,(柔然领导人)大檀遣子将骑万余人入塞,杀略边人而走,附国高车追击破之。自广宁还,追之不及。

二年四月,世祖(拓跋焘)练兵于南郊,将袭大檀。公卿大臣皆不愿行,术士张渊、徐辩以天文说止世祖,世祖从(崔)浩计而行。会江南使还,称刘义隆欲犯河南,谓行人曰:"汝疾还告魏主,归我河南地,即当罢兵,不然尽我将士之力。"世祖闻而大笑,告公卿曰:"龟鳖小竖,自救不暇,何能为也。就使能来,若不先灭蠕蠕,便是坐待寇至,腹背受敌,非上策也。吾行决矣!"于是车驾出东道向黑山,平阳王长孙翰从西道向大娥山,同会贼庭。五月,次于沙漠南,舍辎重轻袭之。至栗水,大檀众西奔。弟匹黎先典东落,将赴大檀,遇翰军,翰纵骑击之,杀其大人数百。大檀闻之震怖,将其族党,焚烧庐舍,绝迹西走,莫知所至。……世祖缘栗水西行,过汉将窦宪故垒。六月，车驾次于菟园水，去平城三千七百余里。分军搜讨，东至瀚海，西接张掖水，北渡燕然山，东西五千余里，南北三千里。

《北史》卷九十八《蠕蠕传》所载略同。名为黑山的山非止一处，这里的黑山当在今日包头之西北，而燕然山则为今蒙古境内的杭爱山脉。汉代大将窦宪北击匈奴，曾经打到过这一带，班固奉命撰写的《封燕然山铭》（《文选》卷五十六，或谓应称为《燕然山铭》，详见辛德勇《发现燕然山铭》一书，中华书局 2018 年版），是历史上有数的名篇。

黄河——黑山——燕（然）山，木兰行军作战的路线如此，这里使用了两座山名作为北魏与柔然战斗的地名关键词，当时的受众听起来一定是很熟悉很亲切的。

北朝的诗人和民间歌手反映战争，从来不谈如何与南朝打仗，而只涉及同北方胡人之间的矛盾和斗争。与此相应的南朝诗人写边塞诗，也不谈在江淮一带发生的南北朝之间的战争，而越过整个中原，去描写想象中的边塞之战，打垮入侵的游牧民族敌人。

在当时人们的心目中，南北朝虽然对立，但还是炎黄子孙一家人，早晚是要统一的，所以有些官员在南北之间有所逃亡流动，往往继续当官，思想上没有多少障碍，顶多有些乡关之思（典型人物如庾信）；而同柔然等外族的斗争性质就大大不同了,这里的民族感情表现为一种爱国主义,《木兰诗》的意义亦在于此。

韦元甫续作的《木兰诗》就此诗之古辞加以敷衍发挥,其中使用"雪山""青海"一类唐代边塞诗常用的关键词,又强调忠君爱国的主旋律,同古辞的精神是一脉相通的。

原载《文汇报》2019年1月18日《文汇学人》第9版

关于《李波小妹歌》

北朝乐府中有一首《李波小妹歌》，描写一位武艺高强的女强人道：

李波小妹字雍容，褰裙逐马如卷蓬。
左射右射必叠双。
妇女尚如此，男子那可逢！

可知李波的妹妹李雍容非常厉害，马术高明，左右开弓，而且总是一箭双雕。这样厉害的女汉子可不敢碰到，女人尚且如此，男子就更不能碰到了。诗中没有具体说男子是谁，从第一句可以推知那应当就是指她的哥哥李波。

李波兄妹都是何许人？《魏书》卷五十三《李孝伯传》附《李安世传》记载李安世（443—493）担任相州刺史时的政绩说：

初，广平人李波，宗族强盛，残掠生民。前刺史薛道摽亲往讨之，波率其宗族拒战，大破摽军。遂为逋逃之薮，公私成患。百姓为之语曰："李波小妹字雍容……"安世设方略诱波及诸子侄三十余人，斩于邺市，境内肃然。

原来李波乃是广平（今河北省永年县）的地方黑恶势力，称霸一方，欺凌百姓，对抗朝廷，当局自然不能容忍这样残民以逞的割据势力，前任地方官剿灭未能得手，到李安世，则以智取之，于是地方重归于太平。

"妇女尚如此，男子那可逢！"表明老百姓对李波兄妹相当畏惧。过去却往往把这首歌谣说成是老百姓拥护爱戴这个李波小妹，高调地加以颂扬。又有将李雍容与《木兰辞》所歌颂的女英雄木兰相提并论的。诸如此类的解说完全不符合原诗的意思和语气。木兰是孝顺父母、热爱故乡、忠于国家的女英雄，感情也很细腻（参见顾农《两首〈木兰诗〉的异同》，《文汇报》2019年1月18日《文汇学人》第9版），而李雍容只是功夫了得、一味粗豪的女豪强，她们根本不是同一类人。

原载《文汇报》2019年11月19日第12版《笔会》

打油诗的先驱崔巨伦

"打油诗"据说源于唐代的草根诗人张打油,其代表作是一首咏雪的五绝:

江山一笼统,井上黑窟窿。黄狗身上白,白狗身上肿。

于是后来就把那些遣词通俗、意趣诙谐的游戏之诗称为"打油诗"。但这首涉及黄狗白狗的诗乃晚至明朝人杨慎在《升庵诗话》(卷十一)里才首次记录在案,唐、宋、元人皆未尝提及,而《中原音韵·作词十法》且说张氏乃是元朝人。

张打油其人不登大雅之堂,几句诗也很近于玩笑,有关的情况现在更弄不清楚了。中国诗歌的高潮在唐朝,根据传说就算此诗是唐人的大作也未尝不可。

其实通俗诙谐的小诗前已有之,请举一例以明之。

《魏书》卷五十六《崔辩附崔巨伦传》载，文武双全的北魏将领崔巨伦（497—530），"博涉经史，有文学武艺"，后来被造反并一度称帝的山大王葛荣（？—528）俘获——

> 葛荣闻其才名，欲用为黄门侍郎。巨伦心恶之。至五月五日，会集官僚。令巨伦赋诗，巨伦乃曰："五月五日时，天气已大热。狗便呀欲死，牛复吐出舌。"以此自晦，获免。

大约当时被召集来的官僚们都热得够呛吧，于是这诗里提到狗热得大喘其气，好像要死，牛也受不了了，吐出舌头来帮助解暑降温。崔巨伦弄出这样几句通俗诙谐的顺口溜来，是故意显得自己没有什么文化，以免葛荣打算重用他——这正是所谓韬晦之计。而崔巨伦因为有这首大作（今已收入逯钦立编《北魏诗》卷二，题作《五月五日诗》）却于无意之中成了一位打油诗查明有据的先驱。

原载《今晚报》2019年6月4日第12版《读吧》

唐太宗与唐高宗

唐太宗李世民是中国古代最英明的皇帝,其丰功伟绩史书记载甚多;他曾经自杀过一次,则比较地不那么知名,而亦大有意味。此事见于《旧唐书·长孙无忌传》:

太子承乾得罪,太宗欲立晋王,而限以非次,回惑不决。御两仪殿,群官尽出,独留无忌及司空房玄龄、兵部尚书李勣,谓曰:"我三子一弟,所为如此,我心无憀!"因自投于床,抽佩刀欲自刺。无忌等惊惧,争前扶抱,取佩刀以授晋王。无忌等请太宗所欲,报曰:"我欲立晋王。"无忌曰:"谨奉诏。有异议者,臣请斩之。"太宗谓晋王曰:"汝舅许汝,宜拜谢。"晋王因下拜。太宗谓无忌等曰:"公等既符我意,未知物论何如?"无忌曰:"晋王仁孝,天下属心久矣。伏乞召问百僚,必无异辞。若不蹈舞同音,臣负陛下万死。"于是建立遂定,因加授无忌太子太师。

按照中国古代的宗法制度，嫡长子继承皇位，然后依次递补。恒山王李承乾是太宗长子，晋王李治是第九子，当李承乾因罪被废以后，须重立太子，肯定轮不到他，而李世民当时一心要立他为太子，深恐群臣反对，所以要首先争取三位主要大臣的认可，然后再通过他们去说服或压服其他臣下。于是他以自杀来做秀，成功地得到国舅、时任司徒之长孙无忌等三公的全力支持。太宗的表演非常到位，达到了预期目的。

李世民不仅是安邦治国的超一流大人物，也是自编自导自演的艺术行家。他事先已将老九李治安排在身边，好让他到时候就地磕头致谢。两仪殿上这一段小品共有五人，缺一不可。此事发生在贞观十七年（643），李治时年十六岁。六年后的贞观二十三年（649）太宗崩，李治继位，后称高宗。

原载《书屋》2019年第11期

"日暮倚修竹"

绝代有佳人,幽居在空谷。自云良家子,零落依草木。
关中昔丧败,兄弟遭杀戮。官高何足论,不得收骨肉。
世情恶衰歇,万事随转烛。夫婿轻薄儿,新人已如玉。
合昏尚知时,鸳鸯不独宿。但见新人笑,那闻旧人哭。
在山泉水清,出山泉水浊。侍婢卖珠回,牵萝补茅屋。
摘花不插发,采柏动盈掬。天寒翠袖薄,日暮倚修竹。

上面这首杜甫的古诗题为《佳人》,诗中的女主人公出身高贵,人亦甚佳,可是遭遇很差,娘家的兄弟死于丧乱,丈夫抛弃了自己,另娶小三,她带着一个侍婢,靠变卖首饰艰难度日。最后四句写她现在的形象:无心插花,只爱采柏,倚着修竹,对抗严寒。

这样高洁优雅的人物,自然值得尊敬和同情;但她到底是古代的一位弃妇,难以长期独立,所以诗写到最后,来了一句"日暮倚修竹",暗示出尽管她高洁优雅,总还得有所倚靠。

如果是一位当代女强人,同前夫分手以后,她可以不再倚靠任何人,重开自己的新生活。

古代的男士大抵神往于"学成文武艺,货于帝王家",所以科举考试不成功称为"不售",对于未能把自己卖掉、难以进入官僚编制表示遗憾。天子是一棵足供倚靠的参天大树啊。

五四新文化运动中沈尹默在《新青年》4卷1号(1918年1月)上发表过一首题为《月夜》的新诗,只有四行:

霜风呼呼的吹着,
月光明明的照着。
我和一株顶高的树并排立着,
却没有靠着。

一百年前最先觉醒的人们讲究独立自强的精神,所以说虽有大树,也不去倚靠。将《佳人》和《月夜》这两首诗连起来读,很容易看出古今之别、强弱之分。

原载《今晚报》2019年9月5日第9版《副刊》

倔强的诗人刘禹锡

刘禹锡（字梦得，772—842）是唐代诗人中极富个性的高人之一，其人其诗都大有可以称道之处。

早年刘禹锡曾经抱着很高的政治热情加入了以王叔文为首的永贞（805）革新集团，出任屯田员外郎，协助分管经济。可惜这一革新很快就失败了，他被赶出朝廷，出为朗州（今湖南常德）司马。十年以后（元和十年，815），刘禹锡被召回首都，似将另有任用，其间他写了一首《元和十年，自朗州承召至京，戏赠看花诸君子》，诗云：

紫陌红尘拂面来，无人不道看花回。
玄都观里桃千树，尽是刘郎去后栽。

首都以官员为主的上层社会还是像过去那么热闹，有点时新的东西立即成为热点，大家忙于奔走相告；而诗人只对这玄都观里繁盛的桃花冷冷地说了一句"尽是刘郎去后栽"。"无人不道"一句言外似有调侃无事忙的新贵之意，含蓄得妙。诗中自称为"郎"却很新鲜，诗人此时已经四十四岁，按当年的惯例来说，已经很不年轻了。

逐出首都十年，好不容易才被召回，如果换一个精致的个人主义者，写起这种题目的诗来，有可能充满了感伤，更可能插进对于未来的愿景，而诗人刘禹锡却未失其嘲讽的锋芒，仍多青年时代的朝气和豪情。讲究明哲保身之类官场智慧的人，决不会写这种说什么"刘郎去后"如何如何的诗，这样容易得罪人，很不利于争取个人的锦绣前程。

当时关心爱护刘禹锡的高官叹息说，"近者新诗，未免为累"（孟棨《本事诗·事感》）。

另据《旧唐书》本传载，这次朝廷把他召回来，原有将他安排在中枢、"置之郎署"的考虑，但一旦获知他的《赠看花诸君子》诗语涉讥刺，便很不高兴，遂复出为播州刺史。

诗人刘禹锡未必不懂官场的规则和潜规则，但只要心里有话，诗还是要写的，不顾什么忌讳，即使预后不良也在所不计。于是他再一次倒霉，这正是所谓性格就是命运。

此后刘禹锡一直在外地任职，换过好几个职务，不是在偏僻的地方，就是干无聊的闲差。

敬宗宝历二年（826），苏州刺史白居易（字乐天，772—846）因健康原因免职，取道扬州回洛阳去，时为和州刺史刘禹锡也被召回京，两位诗人在扬州相会。他们非常高兴，一道登临游览，一道喝酒，写了不少诗。白居易有《醉赠刘二十八使君》七律一首，诗云：

为我引杯添酒饮，与君把箸击盘歌。
诗称国手徒为尔，命压人头不奈何。
举眼风光长寂寞，满朝官职独蹉跎。
亦知合被才名折，二十三年折太多。

诗的主题是为刘禹锡鸣不平，白居易说，刘使君（对刺史的尊称）诗才是国内第一流的，而运气却太差了，被贬谪了二十多年（805—826），眼看别人在朝任职都很得意，而他自己却一直非常寂寞。才华一多就会倒霉，可惜他倒霉的时间也太长了！

对于白居易的劝慰，刘禹锡也作了一首七律奉答，题曰《酬乐天扬州初逢席上有赠》：

巴山楚水凄凉地，二十三年弃置身。
怀旧空吟闻笛赋，到乡翻似烂柯人。
沉舟侧畔千帆过，病树前头万木春。
今日听君歌一曲，暂凭杯酒长精神。

到这时候诗人也是五十五岁，而一生中倒有二十多年被贬谪，一向运交华盖；但诗人认为这些都没有什么，世界不可能让自己完全满意。有人比自己活得好是正常的，让他们活得更好些吧。如果自己像一艘沉船，江湖上仍然会有千帆竞发从自己身旁急驰驶过；如果自己像一株病树，大地上仍然会有万木欣欣向荣，春意盎然。这些都是正常的，没有什么牢骚可发。咱们还是喝酒唱歌吧。大诗人刘禹锡的胸襟气度有如此者。他把世界看透了。

白居易同刘禹锡同龄，诗名更大，而其实境界略低，说别人官场得意而足下相当寂寞，这种表示同情对方的话其实也是一种比较低级的牢骚。语云"元（稹）轻白（居易）俗"，白居易其人确实有些俗气，对于地位高低金钱多少一向比较喜欢计较，曾屡见于其诗。

刘禹锡则旷达高雅多了。"沉舟"一联，千古传诵不衰，常常被人引用，尽管有人是站在"千帆""万木"的立场上来引用此诗，大有嘲笑"沉舟""病树"之意，这当然也未尝不可，用诗可以断章取义，只不过这时候我们心里要明白这是灵活运用，与所引之诗的原意是两回事。钱锺书先生有句云："病马漫劳追十驾，沉舟犹恐触千帆"（《答叔子》），则按刘诗的原意来说话，不过他更进了一步，不仅心甘情愿地当"沉舟"，而且唯恐碍了"千帆"前进的路。他也是很想得开的高人。

白居易的诗往往过于直白，较少余味，所以他特别佩服刘禹锡，称颂"沉舟"一联为神妙之笔，说过不止一次。白居易的自知之明，陈寅恪先生在《白乐天与刘梦得之诗》一文中有过深刻的分析。回顾这两位大诗人在扬州的赠答，对此也能增加不少领悟。

大和二年（828）刘禹锡终于得以重新回到首都，任主客郎中，这时他已经五十七岁了。虽已年近花甲，他的豪情仍在，又重拾旧绪，作《再游玄都观》诗云：

百亩庭中半是苔，桃花净尽菜花开。
种桃道士归何处？前度刘郎今又来。

一度很火的玄都观现已面目全非，而自己并无变化，仍存年轻人的锐气，并且不改其调侃的口吻。按当年的标准，刘禹锡实应自称"老夫"，就是用今天的惯例看去，到这把年纪也可以退居二线，总之不是什么"郎"了。诗人自称"前度刘郎"，除了呼应十多年前的那首诗以外，大约也表明，他一直未能忘怀青年时代从事政治革新的那一段经历。人的一生中，总会有一段最为辉煌难以忘却的时光。

诗前小序写道：

余贞元二十一年为屯田员外郎时，此观未有花。是岁出牧连州，寻改朗州司马，居十年，召至京师，人人皆言有道士手植仙桃满观，如红霞，遂有前篇，以志一时之事。旋又出牧，今十有四年，复为主客郎中，重游玄都观，荡然无复一树，唯兔葵燕麦动摇于春风耳。因再题二十八字，以俟后游。时大和二年三月。

这里明确地将前后两首诗与自己的从政经历联系起来：早年自己在首都当官从事政治革新的时候，玄都观里并没有什么桃花；后来自己被贬到外地去，这里就有了桃花而且游人如织；及至自己重新回到首都任职，玄都观却已经荒废了。玄都观里桃花简直带有某种符号或象征的意味，不单是一段自然景观了。

桃花的兴衰来得快去得也快，倔强的诗人自己倒是经得起折腾，很有点韧性的，诗中流露出一股浓浓的沧桑感、自慰感和自豪感。"以俟后游"一句颇有余味，诗人对未来的变化已有精神准备。据《旧唐书》本传说，刘禹锡的这首《再游玄都观》及其诗序，又一次对他此后的仕途产生了负面的影响。

刘禹锡对于升官与否不甚关注，更不是那种有点好事就沾沾自喜的庸常之辈，而他高妙的诗情正是从这种高贵的精神境界中来。

原载《辽宁日报》2019年8月16日第12版《阅读》

重读杜牧《泊秦淮》

唐人杜牧《泊秦淮》诗云:

烟笼寒水月笼沙,夜泊秦淮近酒家。
商女不知亡国恨,隔江犹唱《后庭花》。

这是一首名作,据专家考证,作于会昌六年即公元846年(详见吴在庆《杜牧集系年校注》第二册,中华书局2008年版,第518页);其中的兴亡之感,前人论述已多,而此诗涉及的种种,犹有可以再思再谈者。

一

《后庭花》全名《玉树后庭花》(也可以简称为《玉树》,许浑《金陵怀古》:"《玉树》歌残王气终,景阳兵合成楼空"），是南朝陈之末年产生的一支著名歌曲，歌词的作者是那时的当朝皇帝陈叔宝（后来通称陈后主）。《陈书·后妃传》载：陈叔宝"每引宾客，对贵妃等游宴，则使诸贵人及女学士同狎客共赋新诗，互相赠答。采其尤艳丽者，以为曲词，被以新声，选宫女有容色者以千百数，令习而歌之，分部迭进，持以相乐。其曲有《玉树后庭花》《临春乐》等……大抵所归，皆美张贵妃、孔贵嫔之容色也"。当时的首席女神是张贵妃张丽华，"每瞻视眄睐，光彩溢目，照映左右。常于阁上靓妆，临于轩槛，宫中遥望，飘若神仙"。其人盛妆置身于高阁之上，走出帷幕，含笑向大家展示其美貌和神采。陈叔宝本人亲自挂帅，示范性地撰写《玉树后庭花》，作为美女展示会的主题曲，诗云：

丽宇芳林对高阁，新妆艳质本倾城。
映户凝娇乍不进，出帷含态笑相迎。
妖姬脸似花含露，玉树流光照后庭。

无非是全力吹捧张贵妃，形容她的惊艳，容貌似花含露，身材如玉树流光，把整个皇宫的后庭照耀得美轮美奂。演唱用"分部迭进"的方式，似乎是一种多声部的合唱。"出帷含态笑相迎"简直是选美大会总冠军亮相的架势，陈叔宝则不仅是赏美的主宾，也是整个展示会的总策划总导演。为了一个贵妃如此兴师动众,不惜工本,在历史上不甚多见。

展示了一通以后往往举行盛大的宴会,后主"常使张贵妃、孔贵人等八人夹坐,江总、孔范等十人预宴,号曰'狎客'。先令八妇人襞采笺,制五言诗,十客一时继和,迟则罚酒,君臣酣饮,从夕达旦,以此为常。而盛修宫室,无时休止。税江税市,征取百端。刑罚酷滥,牢狱常满"(《南史·陈本纪下》)。

一方面是后主君臣腐朽误国,一方面是老百姓在死亡线上挣扎——这样的王朝只能迅速走向灭亡,留下一大堆无可挽救的亡国之恨。后主陈叔宝则成为一个因腐朽而亡国的典型。

二

但是事情也还有它的另一个方面:张丽华、孔贵人之流确实是颜值极高的美女,《玉树后庭花》则是听上去很美的艺术歌曲,在文艺史上可以得很高的分数。所以二百五十多年后的唐代歌女,还在秦淮河畔的酒楼上继续演唱这种古老的宫廷歌曲。

在乐府诗的分类上,《玉树后庭花》属于清商曲辞中的吴声歌曲,其曲调应是吸收了吴地民歌的一些元素。《旧唐书·音乐志二》说:"《春江花月夜》《玉树后庭花》《堂堂》，并陈后主所作。叔宝常与宫中女学士及朝臣相和为诗，太乐令何胥又善于文咏，采其尤艳者以为此曲。"可知将歌词合乐的负责人是太乐令何胥，他手下当然还会有一批宫廷音乐家。

三

何胥其人《陈书》无传，《南史》提到过他，说他与陈暄相友善，而这位陈暄乃是后主陈叔宝身边的十"狎客"之一，一个典型的流氓才子。

《南史·陈暄传》载：

学不师受，文才俊逸。尤嗜酒，无节操。遍历王公门，沉湎喧谑，过差非度。其兄子秀常忧之，致书于暄友人何胥，冀以讽谏……

暄以落魄不为中正所品，久不得调。陈天康中，徐陵为吏部尚书，精简人物。缙绅之士皆响慕焉。暄以玉帽簪插髻，红丝布裹头，袍拂踝，靴至膝，不陈爵里，直上陵坐。陵不之识，命吏持下。暄徐步而出，举止自若，竟无怍容。作书谤陵，陵甚病之。

后主之在东宫，引为学士。及即位，迁通直散骑常侍，与义阳王叔达、尚书孔范、度支尚书袁权、侍中王瑳、金紫光禄大夫陈褒、御史中丞沈瓘、散骑常侍王仪等恒入禁中陪侍游宴，谓为"狎客"。暄素通脱，以俳优自居，文章谐谬，语言不节，后主甚亲昵而轻侮之。尝倒悬于梁，临之以刃，命使作赋，仍限以晷刻。暄援笔即成，不以为病，而傲弄转甚。后主稍不能容，后遂抟艾为帽，加于其首，火以爇之，然（燃）及于发，垂泣求哀，声闻于外而弗之释。会卫尉卿柳庄在坐，遽起拨之，拜谢曰："陈暄无罪，臣恐陛下有玩人之失，辄矫赦之。造次之愆，伏待刑宪。"后主素重庄，意稍解，敕引暄出，命庄就坐。经数日，暄发悸而死。

陈暄的诗现在还可以看到四首，技巧是圆熟的，内容则无甚可观。而试看其人奇异的衣饰打扮、夸张的行为艺术、骄傲自喜的轻浮，都强烈地表现出一副流氓气十足的颓废艺术家的派头。陈后主也根本不把他当作什么学士、近臣，只当作是一个小丑，终于将他作践而死。他作风和遭遇，同其他"狎客"有所不同，而排名却相当靠前。

在陈后主的小朝廷上，已经没有什么体统可言了。

四

另一位"狎客"孔范在《南史》中入《恩幸传》，其人虽居高位而实为弄臣：

后主即位，为都官尚书，与江总等并为狎客。范容止都雅，文章赡丽，又善五言诗，尤见亲爱。后主性愚狠，恶闻过失，每有恶事，范必曲为文饰，称扬赞美。时孔贵人绝爱幸，范与孔氏结为兄妹，宠遇优渥，言听计从。

等到隋的大军逼近陈的首都建康时，他更有一番丑恶的表演，最后打算逃走而很快被俘，同陈叔宝一起押往长安。《南史·恩幸传》继续写道：

初，晋王（杨）广所戮陈五佞人，范与散骑常侍王瑳、王仪、御史中丞沈瓘，过恶未彰，故免。及至长安，事并露，隋文帝以其奸佞谄惑，并暴其过恶，名为四罪人，流之远裔，以谢吴、越之人。瑳、仪并琅邪人。瑳刻薄贪鄙，忌害才能，仪候意承颜，倾巧侧媚，又献其二女，以求亲昵。瓘险惨苛酷，发言邪谄，故同罪焉。

可知前"狎客"中由隋方定为罪人的有孔范、王瑳、王仪、沈瓘等四人，占了十分之四；至于先期被晋王杨广就地处决的另有五佞人，名单见于《隋书·炀帝纪》，其中尚无"狎客"中人。

十"狎客"另有三人的情况大致如下：陈叔达是陈王朝皇室成员，陈亡入隋，《陈书》有传。袁权，是管经济的度支尚书，《陈书·后主本纪》提到过他一下，其余不详。陈褒，先前以贪污免官，到后主时又出任金紫光禄大夫。这三位"狎客"大抵还不像"四罪人"那样劣迹昭彰，但也都不是什么正人。

"狎客"中资格最老、情况也稍有不同的是江总（字总持，519—594），他早在梁武帝时代就已入仕，确有诗才，受到重视。候景之乱中去外地避难，易代后回建康，任中书侍郎，累迁司徒右长史。宣帝时，入陈叔宝东宫，任太子中庶子、太子詹事，时时与太子为长夜之饮。陈叔宝即位后任吏部尚书、尚书仆射、尚书令，一向身居高位，而始终不理政事，一味充当"狎客"。他也知道自己没有尽到责任，但始终不改。《陈书》本传说："后主之世，总当权宰，不持政务，但日与后主游宴，共陈暄、孔范、王瑳等十余人，当时谓之狎客。由是国政日颓，纲纪不立，有言之者，辄以罪斥之，君臣昏乱，以至于灭。"祯明三年（589）陈王朝灭亡，江总入隋，拜上开府，这时他已经过了六十岁，退休南归，住在江都，五年后死于此地。江总大约知道这个王朝早晚是要完蛋的，干脆和光同尘，一起灭亡。

当江总从长安回南方时，有一首《于长安归还扬州九月九日行薇山亭赋韵》，诗云：

心逐南云逝，形随北雁来。故乡篱下菊，今日几花开？

又有《哭鲁广达》诗云：

黄泉虽抱恨，白日自留名。悲君感义死，不作负恩生。

鲁广达是陈王朝的一位将军，曾经抵抗隋军，打过几次胜仗，最后力战被俘，依例入隋，悲愤而亡（详见《陈书·鲁广达传》）。从这首诗看去，江总同全无心肝的陈叔宝还略有不同。

但是当江总在充当"狎客"的时候，他只是写那种软绵绵的艳诗，如《梅花落》诗云：

腊月正月早惊春，众花未发梅花新。
可怜芬芳临玉台，朝攀晚折还复开。
长安少年多轻薄，两两共唱梅花落。
满酌金卮催玉柱，落梅树下宜歌舞。
金谷万株连绮甍，梅花密处藏娇莺。
桃李佳人欲相照，摘叶牵花来并笑。
杨柳青青楼上轻，梅花色白雪中明。
横笛短箫凄复切，谁知柏梁声不绝。

他如《紫骝马》《今日乐相乐》《秋日新宠美人应令》《姬人怨》等等，写的也都无非是美女、歌舞、化妆、相思……一位本来很优秀的诗人一旦沦落为"狎客"，便只好浪费自己的才华，以适应宫廷的需要。

五

陈叔宝的《玉树后庭花》后来被收入《乐府诗集》第四十七卷《清商曲辞·四》，紧跟其后的还有唐人张祜的一首同题之作：

轻车何草草，独唱《后庭花》。玉座谁为主，徒悲张丽华。

把这首五绝编在这里显然不大合适。陈叔宝的原作歌颂绝代佳人张丽华，而张祜这一首绝无此意。原诗七言六句，张祜这里五言四句，也无从配合先前的乐谱。张祜诗虽然也题为《玉树后庭花》，却并非清商曲辞之吴声歌曲，而只是用此旧题来写自己咏史的新诗。

原先《玉树后庭花》的词、曲和演唱都豪华之至。词作者：皇帝陈叔宝；编曲者：太乐令何胥；演唱者：陈王朝宫女合唱团。而会昌六年杜牧在行旅途中听到的《玉树后庭花》，演唱者则是秦淮河畔酒家的歌女，应是独唱，这里根本没有条件"分部迭进"。

赞美美女的歌曲，卖唱的歌女在酒店里随便唱唱是不要紧的，她只是做商业演出，挣钱糊口。如果由皇帝主持，在皇宫里作规模浩大的演出，当作大事来抓，那么国事就很危险了。所谓"亡国之音"即指此而言。同样的道理，先前两晋时代清谈之风盛行，若干民间知识分子喜欢搞些玄理思辨，研究《老》《庄》《易》三玄，聚在一起清谈一番，那是无害甚至有益的；而负有行政重任的高官一旦沉溺于清谈，不做实事，那就将成为"清谈误国"，后果非常严重。

南朝陈王朝的往事早被雨打风吹去。靠卖唱为生的唐代歌女只管曲子好听，有客官要听，肯多多打赏她就很满意了；至于这曲子的来历、背后的故事，特别是其中包含的历史教训，不能要求她们都能明白。唱者原本无心，而深通历史的诗人杜牧却听得心事浩茫，写出诗来亦复发人深省。《泊秦淮》一诗的思想文学机制，大抵如此。

六

陈叔宝《玉树后庭花》诗中"丽宇芳林对高阁"乃是写实之句。张贵妃当年住处的高阁称为结绮阁，《南史·后妃传下》张丽华条下载："至德二年（584），乃于光昭殿前起临春、结绮、望仙三阁，高数十丈，并数十间。其窗牖、壁带、县（悬）楣、栏槛之类，皆以沉檀香为之，又饰以金玉，间以珠翠，外施珠帘；内有宝床宝帐，其服玩之属，瑰丽皆近古未有。每微风暂至，香闻数里。朝日初照，光映后庭。其下积石为山，引水为池，植以奇树，杂以花药。后主自居临春阁，张贵妃居结绮阁，龚、孔二贵嫔居望仙阁，并复道交相往来。"这御花园建成五年以后，陈王朝灭亡。后来这些华丽的建筑和高雅的园林，都荡然无存了。

《玉树后庭花》的曲子不知失传于何时，如果还存在，那就是宝贵的非物质文化遗产。临春、结绮、望仙三阁如果仍然健在，则自应挂上高级别的文物保护单位的铭牌。

原载《中国社会科学报》2019年3月8日《后海》副刊

唐诗笔记二则

杜牧《寄扬州韩绰判官》

青山隐隐水迢迢，秋尽江南草未凋。
二十四桥明月夜，玉人何处教吹箫？

杜牧（803—853）这首《寄扬州韩绰判官》的接受者韩绰是那时淮南节度使府（驻扬州）的一个属官，杜牧先前（833—835）在扬州为淮南节度掌书记时与他为同僚，后来杜牧离开这里进京当了监察御史，遂作此诗寄给旧时的朋友，以表示对扬州、对友人深深的怀念。

诗的主要内容是说扬州的好处：山水优美，气候温和，人物风流。诗中的"玉人"有可能指韩绰，称颂其人风流倜傥；而更可能指扬州当地的歌妓，大约先前杜、韩二人都同她们打得火热，至今仍未能忘怀，不知道近来消息如何。

二十四桥有两种说法,一说扬州西门外有二十四座桥,一说那里有一座桥叫"二十四桥"。这里靠近蜀冈——瘦西湖风景区,曾经是风流渊薮。杜牧在扬州时八卦故事甚多,这一带佳丽云集的地方他熟。

从现状来说,那里至今还有一座"二十四桥",扬州人称为"廿(也往往写成"念"字)四桥",扬州大学有一大块供研究生和单身青年教师住的宿舍在那里,则称为"廿四小区"。唐朝的情况如何现在很难说清楚,恐怕以理解为二十四座桥为佳,大约玉人吹箫的地方时有变化,远在长安的诗人弄不清她们现在习惯在哪一座桥上表演其技艺了。

关于此诗还有一处疑义,就是第二句的"草未凋",也有些本子里作"草木凋",通行本似以"草木凋"较为多见。两种文本都讲得通,当以何者为是?

诗无达诂,最容易公说公有理,婆说婆有理。这里最好玩的,也许是俞樾(字荫甫,号曲园,1821—1907)、俞陛云(字阶青,1868—1950)祖孙各执一说,适成两军对垒。

祖父说,如果单看这一句,则"草木凋""草未凋"皆无不可。"若以全首论,则改'未'字不通矣。此诗作意全在'草凋'三字。盖'青山隐隐水迢迢'言其地之胜也,'秋尽江南草木凋'言虽有胜地,而惜乎非其时也。

故继之曰'二十四桥明月夜,玉人何处教吹箫',无限感慨。若改作'未凋',则胜地自故,何处不可吹箫乎?诗意全失矣。此乃感叹之词,非赞美之语,读之令人有生不逢时之感。"(《九九消夏录》)孙子却说:"首句言列岫横云,遥波荡夕,谓扬州之远也。次言芳草一碧,未觉秋寒,谓气候之美也。后二句言,当年念四桥头,飞羽觞而醉月,听微风之过箫,浓情化酒,滴滴皆甘。今宵明月依然,何处问玉人踪迹?洵如其《遣怀》诗所谓一梦青楼,真成薄幸矣。"(《诗境浅说》续编二)

各有各的道理,手上的一票,不知投给谁好。查其他有关的评论,赞成"草木凋""草未凋"的都有,似以后者为多。如杨慎《词品》卷一云:

贺方回作《太平时》一词,衍杜牧之诗也。其词云:"秋尽江南叶未凋,晚云高。青山隐隐水迢迢,接亭皋。二十四桥明月夜,弭兰桡。玉人何处教吹箫,可怜宵。"按此,则牧之本作"叶未凋"。

余成教《石园诗话》卷二云:

"秋尽江南草未凋"言江南地暖,"未"讹为"木",失原旨矣。昔人藏书少而善本最多,近人善本少而藏书易多,坊贾射利,肆行点窜,殆亦文字之厄与!

李慈铭《越缦堂读书记》卷八云：

> 杜牧之"秋尽江南草木凋"本作"草未凋"，坊本尚有不误者，作"草木凋"便无意味矣。此误字之当校者也。

深秋扬州之草木情况如何？我寓居此地多年，寒宅就在离廿四桥不远之处，深知这里的草木在深秋以至寒冬都是多半不凋的。遥想晚唐，大约也是如此吧。不过古今气候亦多有变化，原先没有雾霾的地方现在时有浓得化不开的，所以也很难确认唐时扬州的气候如何。为稳妥起见，不妨让"草未凋""草木凋"同时并存——这样也就可以同时获得两个佳句了。

温庭筠《过陈琳墓》

晚唐名家温庭筠（字飞卿，812？—870？）《过陈琳墓》诗云：

> 曾于青史见遗文，今日飘零过古坟。
> 词客有灵应识我，霸才无主始怜君。
> 石麟埋没藏春草，铜雀荒凉对暮云。
> 莫怪临风倍惆怅，欲将书剑学从军。

陈琳是汉末著名的文人和幕僚,"建安七子"之一;温庭筠因为经过陈琳墓而大发思古之幽情,诗第三句说陈琳的在天之灵应当认识自己,这无非是同前代达人套近乎,强烈地流露了自己对于其人的仰慕;他又说,作为一名"霸才"的自己到现在还没有找到一个合适的主公,唯其如此,所以更特别特别敬爱、仰慕陈琳了。

陈琳一生约可分为三个阶段:早期在大将军何进手下效劳,中期任袁绍的秘书,后期归曹操任司空军谋祭酒,后迁门下督,管记室。三阶段中自然以后期最为重要——否则他就无从进入"建安七子"了。此时陈琳极得主公曹操的赏识,《三国志·魏书·王粲传》注引《典略》载:"琳作诸书及檄,草成呈太祖(指曹操),太祖先苦头风,是日疾发,卧读琳所作,翕然而起曰:'此愈我病!'数加厚赐。"秘书型文人能做到这个份儿上,算是很有面子极其风光的了。温庭筠当时正准备进入淮南节度使李绅的幕府(此事未能实现),又恰好经过陈琳墓,机缘凑泊,于是就成功了这样一首好诗。

诗中的"词客"自然是指陈琳,而与之相对的"霸才"则指诗人自己。可是比较古老的解释却说这里的"霸才"是遥指袁绍或曹操,其说虽然好像事出有因,而其实与事理、文理全然不合。请看两则早先的误读:

言袁绍非霸才,不堪为主也,有伤其生不逢时意。

唐诗笔记二则

(沈德潜《唐诗别裁集》卷十五)

飞卿于邂逅无聊中，语言开罪于宣宗，又为令狐绹所嫉，遂被远贬。陈琳为袁绍作檄。辱及曹操之祖先，可谓酷毒矣，操能赦而用之，视宣宗何如哉！又不可将曹操比宣宗，故托之陈琳，以便于措词，亦未必真过其墓也……"霸才无主始怜君"，"怜"字诗中多作"美"字解，因今日无霸才之君、大度容人之过如孟德者，是以深美于君。(吴乔《围炉诗话》卷一)

二说有繁简之不同，而皆不甚可通。这里的"霸才"是同"词客"相对而言的，应当是温庭筠的自指，纪昀说得好：

"词客"指陈，"霸才"自谓。此一联有异代同心之感……通首以此二语为骨，纯是自感，非吊陈琳也。(《瀛奎律髓》卷二十八批语)

"霸才"的"霸"就是现在常说的"学霸"的"霸"，指高于一般人才很多的特殊人才。温庭筠说，自己要学习陈琳的榜样，也去当一名为地方实力派效劳的幕僚，具体的步骤则是带着书和剑去"从军"。

诗中的"石麟埋没藏春草"一句，写眼前的陈琳墓已颇荒凉，石刻倒塌，杂草丛生；诗人由此宕开一笔，说不仅眼前这座古坟失去了昔日的风姿，就是曹操亲手经营的铜雀台也早已荒凉残破。这些都是难免之事，可贵的是他们的遗文和业绩均见载于"青史"，那是可以永垂不朽的。曹操在唐诗中还是一个英雄。

或以为诗中的石麟春草之句是写曹操墓的景象，"古代帝王显宦墓前石刻群中常有石麟、石虎等。此类石刻当非陈琳墓前所应有，当指想象中曹操陵墓前的石麟"（《温庭筠全集校注》上册，中华书局2007年版，第390页）。此说似不确。诗题是《过陈琳墓》，却一点不加描写而去说曹操墓，未免突兀。"石麟"不过泛指石刻，许多诗里提到一下的具体事物，一般来说不必过于较真，意思到了就行。

一个古代的文人，如果生前得遇明主，能一展身手；死后有遗文传世，让后人仰慕，如此则于愿足矣。晚唐中枢衰弱，地方势力强大，在正规体制内当一个无足轻重的小官，还不如到方镇使府里去谋发展，《过陈琳墓》一诗颇能道出温庭筠以及当时一批文士共同的心声，体现了时代的特色，所以相当耐读，大有认识价值；而同时也是研究"建安七子"接受史的有趣材料。

凭吊古人之墓是常见的诗题，温庭筠还写过一首七绝《蔡中郎坟》，诗云：

古坟零落野花春，闻说中郎有后身。
今日爱才非昔日，莫抛心力作词人。

蔡邕是汉末著名的文人，先前得到过朝廷的重用，后来权势极高的董卓也十分注意拉拢他。过去曾经传说他是张衡的后身，那么他本人也应当是有后身的——温庭筠似有以此自居的意思——但是才华再高又有什么用？现在不是尊重人才爱惜人才的时代啊。

怀才不遇，感慨生不逢时，是温庭筠心中的一大情结。每逢怀古伤今之际，这样一层意思往往立即浮出文字之表。刘学锴先生说："此诗之主旨与《过陈琳墓》一脉相承，而感情强度过之。"（《温庭筠全集校注》中册，中华书局2007年版，第466页）其说极是。

"莫抛心力作词人"一语后来颇见引用。在此种创作无用论的背后，往往充满了骂世的牢骚。

2019年12月据旧稿改订

两宋理学诗

以理论入诗,在中国古代有过两度高潮,前者是魏晋的玄言诗,后者是两宋的理学诗,前者基本失败,后者则得失参半,产生过一些佳作。

只需举出一件事,就足以表明整个玄言诗运动的失败了:玄言诗的高峰体验在王羲之(303—361)主持的兰亭之会(东晋永和九年,353),现存兰亭诗三十七首——而一首也没有被记住。人们始终仰慕的只是主持人王羲之《兰亭集序》的书法成就。

唐代是中国诗歌的高潮期,沉溺于理论的诗人甚少,而有些诗句却颇有理趣,如写原上草的"野火烧不尽,春风吹又生"(白居易《赋得古原草送别》),写险在平易处的"泾溪石险人兢慎,终岁不闻倾覆人。却是平流无石处,时时闻说有沉沦"(杜荀鹤《泾溪》)。理趣须从生活中来,来自书本总不免落入第二义。

北宋的理学家大抵能诗，南宋之理学集大成者朱熹（1130—1200）尤其会写诗，其诗思往往来自理论与生活的结合，他的《观书二首》几乎家喻户晓：

半亩方塘一鉴开，天光云影共徘徊。
问渠那得清如许？为有源头活水来。

昨夜江边春水生，艨艟巨舰一毛轻。
向来枉费推移力，此日中流自在行。

其二写大船须有深水，暗指人才有待合适的环境，否则施展不开，徒然白费些力气。其一更加出名一些，寓意说任何一个系统都必须不断摄入新的能量，否则就必然走向衰败。

"源头活水"四个字后来成了成语。没有源头活水的池塘水沟一定会污染腐败，如闻一多在他的名篇《死水》里说过的那样。

被读者记住的诗就是好诗。作品哪怕只有一两首被人们记住的人才是诗人，否则他只能说是以诗自娱的人。理学家中，邵雍（1011—1077）写诗最为多产，《全宋诗》录其诗二十一卷，被认为是理学诗派的首席代表，但他的作品有诗味的却不甚多。

先前玄言诗之所以失败，大约有两大原因：一是大写其玄言诗的几乎没有一个真正的玄学家，都是些玄学的爱好者、粉丝，玄学家们忙他们的理论研究，一般不写诗或甚少写诗，要写也不写玄言诗。他们把诗歌和理论分档处理。二是传世玄言诗中的玄理几乎都是从书本里抄来的教条，作者自己并无心得体会，显得干巴巴的，甚至很僵硬。

到两宋情况很不同了，一流的理论家亲自动手写诗，而且比较注意诗歌的特点，从生活实际出发，从自然景物中悟道，理论见解大抵安排在言外，往往能即事明理，并不迂腐。

在这些理学家中，朱熹的诗要算是写得最好的，数量也比较多，有《晦庵先生朱子诗集》十三卷，《全宋诗》录其诗十二卷。试从中再选取一首来读，其《春日》诗云：

胜日寻芳泗水滨，无边光景一时新。
等闲识得东风面，万紫千红总是春。

春天到了，春天在哪里？表现在一切地方，例如可以从万紫千红的花卉中体会到它的存在，都很容易看到。"道"在哪里？"理"在哪里？也是表现在一切地方，此即朱熹反复强调的月印万川、理一分殊，这也不难领会。体会这个"理"最重要的途径是要读儒家的经典四书、五经。所以他说："夫天下之物，莫不有理，而其精蕴，则已具于圣贤之书，故必由是以求之。"（《答曹元可》）世界上最重要的道理都在儒家圣贤的经典中，抓住这个根本，一切问题全都可以解决。

孔子去世后葬于泗上，后人往往以"泗水"或"泗上"指代孔门儒学；《春日》一开始就说"胜日寻芳泗水滨"正是指从儒家经典里寻找精神营养，据此来探究事理（"寻芳"），格物致知——春天里的万紫千红无不体现了道。

《大学》里有所谓"八条目"，开始的两条就是格物、致知，然后才是诚意、正心、修身、齐家、治国、平天下。朱熹解释说："所谓致知在格物者，言欲致吾之知，在即物而穷其理也。盖人心之灵莫不有知，而天下之物莫不有理，惟于理有未穷，故其知有不尽也。是以《大学》始教，必使学者即凡天下之物，莫不因其已知之理而益穷之，以求至乎其极。至于用力之久，而一旦豁然贯通焉，则众物之表里精粗无不到，而吾心之全体大用无不明矣。此谓物格，此谓知之至也。"（《大学章句》）在这首诗里，"万紫千红"即指"天下之物"，而"春"则代表"理"，由"万紫千红"而认识"春"的过程就叫"即物而穷其理"，也就是穷吾性中之理，使"吾心之全体大用无不明"，此即所谓"格物致知"。

"万紫千红总是春"一句，后来常常被人引用，往往取其字面的意思，同朱熹的哲学思想距离比较远，而由此亦可见这一句诗的深刻高明了。

朱熹的主要先行者是北宋二程兄弟：程颢（1032—1085，字伯淳，号明道）和程颐（1033—1107，字正叔，号伊川）。程颐在理论上贡献更大些，但他不喜作诗，斥为"闲言语"；程颢比较注重写诗，有诗文四卷，《全宋诗》收录其诗一卷，其中有一首著名的《春日偶成》诗：

云淡风轻近午天，傍花随柳过前川。
时人不识余心乐，将谓偷闲学少年。

明道先生的理论观点之一是强调人心要定，要能与外物打成一片，然后才能悟道。他说："所谓定者，动亦定，静亦定，无将迎，无内外。苟以外物为外，牵己而从之，是以己性为有内外也。"（《定性书》）悟道要靠自己体会，不能只靠读书和老师传授。因此他很注意欣赏外物，把它们看成是自己的一部分，此即所谓"仁者以天地万物为一体，莫非己也"。在大好的春光里，临近中午时分，他随意散步，一面欣赏路边的柳树和花草，一面向河边走去，心态自然而平静，同时觉得非常愉快——这种愉快是思想家观物自得、对于"道"有所领悟的表现，是一种精神上的受用；这同一般小青年喜欢玩儿，追求感官的刺激，完全不同。普通人不明白这种深刻的差异，误认为这也不过是"偷闲学少年"，他亦不欲置辩。

程颢又有一首《郊行即事》的七律：

芳原绿野恣行时，春入遥山碧四围。
兴逐乱红穿柳巷，困临流水坐苔矶。
莫辞盏酒十分醉，只恐风花一片飞。
况是清明好天气，不妨游衍莫忘归。

仍然是在欣赏自然景物当中悟道。清明时节到郊外踏青，心情非常愉快，甚至有流连忘返之意；但他马上提醒自己说，游衍是可以的，但不可忘记归去。理学家总是非常讲究自律。

明道先生又有《偶成》一律云：

闲来无事不从容，睡觉东窗日已红。
万物静观皆自得，四时佳兴与人同。
道通天地有形外，思入风云变态中。
富贵不淫贫贱乐，男儿到此是豪雄。

既讲"静观"，从容悟道，又不离开世俗人群，不排斥感官享受，这就很容易得人心。冯友兰先生以"极高明而道中庸"来解释此诗，他说："这首诗的第一、二句是说他的生活状况，第三、四句是说'道中庸'，第五、六句是说'极高明'，第七、八句是说到了这个地步就可以成为孟子所说的'大丈夫'。"（《我所认识的蔡孑民先生》）这个解释相当高妙，发人深思。

明道先生认为只要领悟了"道",就可以思通天地,不管风云如何变幻,都可以不受外界的干扰,保持内心的平静。理学家强调以精神方面的探索追求为要务,物质生活水平如何,完全不以为意。这种从容淡定的修养功夫,确有其积极的因素。诗中的"静"固然可指环境,而尤指心境——心要能定,定而后能静,静而后能安,心既能安,则百事可为矣。

同朱熹齐名的南宋理学家张栻(1133—1180,字敬夫,一作钦夫,号南轩,又号葵轩)非常讲究研究理论,写诗亦多理趣。《全宋诗》录其诗八卷,其《立春日禊亭偶成》(或省作《立春偶成》)诗云:

律回岁晚冰霜少,春到人间草木知。
便觉眼前生意满,东风吹水绿参差。

对春天最为敏感的是植物,"春到人间草木知"一句一举点出,后来也成了成语,与朱熹的"万紫千红总是春"并驾齐驱,同为读者所喜闻乐见。

理学家在诗里很喜欢写春天。春天生机勃勃,乃是悟道的大好时节。

原载《人民政协报》2019 年 6 月 17 日第 10 版《学术家园》

苏轼的想得开

在苏轼（1037—1101）的大量作品中，《念奴娇·赤壁怀古》应属是知名度最高的篇章之一，其词曰：

大江东去，浪淘尽、千古风流人物。故垒西边，人道是、三国周郎赤壁。乱石穿空，惊涛拍岸，卷起千堆雪。江山如画，一时多少豪杰。

遥想公瑾当年，小乔初嫁了，雄姿英发。羽扇纶巾，谈笑间、强虏灰飞烟灭。故国神游，多情应笑我，早生华发。人间如梦，一樽还酹江月。

此词元丰五年（1082）作于黄州（今湖北黄冈）。黄州的江边有一段赤色岩岸，于是民间便传说东汉末年的赤壁之战（建安十三年，208）就发生在这一带，其地至今仍为著名的旅游景点。其实历史上的赤壁之战发生在嘉鱼，并不在这里，苏轼在此地就"三国周郎赤壁"大抒其思古之幽情，大约有点借鸡下蛋的意思，词中有一句"人道是"，已为自己预留了答辩脱身的余地。在怀古诗词里涉及有待考证之地名时，稍微马虎一点无妨，因为这并非撰写历史地理方面的论文。

《念奴娇·赤壁怀古》主要是怀念歌颂赤壁之战的大赢家周瑜（字公瑾，175—210）将军，他是孙权方面抗击曹操的前线总指挥，其时他才三十来岁。一个小帅哥竟已立下盖世功勋，为此后三方（魏、蜀、吴）鼎立打下了基础，这样的英雄在历史上是不多见的。

为强调这位历史英雄的年轻，词中说他也才结婚不久，这里很有点夸张，事实上古人往往早婚，一般不会像现在似的常常拖到三十多岁——赤壁之战时周瑜结婚已有整整十年。

苏轼写此词时四十六岁，头发已经花白，所以词中有"多情应笑我，早生华发"这样的句子。"多情"代指周瑜——同古代的青年英雄一比，自己真是老大无成啊。苏轼在作品中涉及古人时，一向不卑不亢，持平等对话的态度，这种胸襟和态度大可钦佩。

苏轼当时在宦海里栽了跟头，被发配到这偏远的黄州来，有点百无聊赖，畅想历史上的英雄，其实是发牢骚的意思，却写得意气很盛，最后以"人生如梦"来安慰自己，他实在是个想得开的人。惟其如此，尽管他一生坎坷，而创作始终没有稍息。

这首词的下片前三句，现在的通行本皆点作"遥想公瑾当年，小乔初嫁了，雄姿英发"，本文开头引录时也照此办理。其实在一般情况下，《念奴娇》的标点不能是这样的，例如宋、金之际词人蔡松年（字伯坚，号萧闲老人，1107—1159）追和苏轼的那首《念奴娇》，其下片前三句是："我梦卜筑萧闲，觉来岩桂，十里幽香发。"苏轼本人另有一首《念奴娇·中秋》，下片前三句作"我醉拍手狂歌，举杯邀月，对影成三客"。其他词人作《念奴娇》，下片前三句也都是六、四、五的格局，然则东坡赤壁词下片前三句应当点作：

遥想公瑾当年，小乔初嫁，了雄姿英发。

"了"字在宋词中可以表示程度、范围，略有现在所说的"非常""完全"等等意味。这样的"了"字往往用在句首，例如秦少游的名篇《好事近》，其结尾两句道："醉卧古藤阴下，了不知南北"——自己醉得一塌糊涂，业已完全弄不清方向。

"了雄姿英发"乃是形容青年将领周瑜颜值甚高，英俊潇洒，精神焕发。而如果将"了"字属上，点作"小乔初嫁了"，那就变成像是现代汉语的说法，而且这前三句就变成六、五、四的句式——宋朝人是不习惯这样来安排的。

小乔是当时著名的美人,他的姐姐大乔也是国色,嫁给了周瑜的上级、孙权的哥哥孙策(字伯符,175—200)。唐人杜牧《赤壁》诗云:"东风不与周郎便,铜雀春深锁二乔。"他假设一种情况,如果曹操打赢了赤壁之战,那么这大小二乔都将作为战利品被掳走。

其实大小二乔都姓"桥",而不是"乔"。《三国志·吴书·周瑜传》载:"(孙)策欲取荆州,以(周)瑜为中护军,领江夏太守,从攻皖,拔之。时得桥公两女,皆国色也,策自纳大桥,瑜纳小桥。"这是建安三年(198)的事情。裴注引《江表传》载:

(孙)策从容戏(周)瑜曰:"桥公二女虽流离,得吾二人作婿,亦足为欢。"

桥公之二女这两位安徽美人原来乃是孙策、周瑜的战利品。后来孙策英年早逝,周瑜指挥赤壁之战,如果不刮东南风火攻不成,十年前的战利品很可能更换主人。杜牧调侃得妙,其诗遂为名句。苏轼此词重点在歌颂周郎、叹息自己,自然就不去说小乔的来历,而只是夸张地说,青年英雄周瑜刚刚结婚未久就建立了惊天动地的大功勋。

在唐诗宋词里,"桥"被简化为"乔"。这样也好,否则说起大桥小桥,很容易误以为是两座桥梁,不明白实为两位女神。

蔡松年追和苏轼的那首《念奴娇》也写得很有味道,为方便于参考起见,全文照录如下:

离骚痛饮,笑人生、佳处能消何物。夷甫当年,成底事、空想岩岩玉璧。五亩苍烟,一丘寒碧,岁晚忧风雪。西州扶病,至今悲感前哲。

我梦卜筑萧闲,觉来岩桂,十里幽香发。崾隗胸中,冰与炭、一酌春风都灭。胜日神交,悠然得意,离恨无毫发。古今同致,永和徒记年月。

原载《辽宁日报》2019年6月24日第7版《阅读》

前后《赤壁赋》问题

苏轼在被下放到黄州（今湖北黄冈）之时，创作上颇获丰收，写出了一批脍炙人口的诗词散文，《赤壁赋》与《后赤壁赋》也作于其时。人们在提到这两篇名文时，往往习惯于合称为前、后《赤壁赋》。如果单独指称一篇，则说成《前赤壁赋》《后赤壁赋》。当初苏轼写《赤壁赋》的时候，不知道后来还要再写一篇《后赤壁赋》，所以本来是没有那个"前"字的，但在既有了《后赤壁赋》之后，《前赤壁赋》这样的提法也就相应产生了。

最近看到有专家撰文说，《赤壁赋》就是《赤壁赋》，不能说成《前赤壁赋》。这里加一个"前"字，乃是弄巧成拙，歪曲了作者的本意，有贬低原文创作意图的作用。

这恐怕是言重了。这正如《红楼梦》被添补了四十回以后，"前八十回"的提法就出现了。如果一提"前八十回"就会歪曲曹雪芹，贬低他那伟大的小说，则罪名太大，接受不了。

  常识范围以内的事情，似乎无须写成措辞严重的文章来讨论或批评。不就是这么个事嘛。

原载《今晚报》2019年8月22日第12版《读吧》

《子不语》中的"据实书之"

笔记小说《子不语》一书（清人袁枚著）曾经很有名，其中所记固然以非理性的"怪力乱神"为主，也有真实的故事。这些记事都往往更有趣味，试举三则来看。

乾隆辛酉秋，海风拔木，海滨人见龙斗空中，广陵城内外，风过处，民间窗槅、帘箔及所晒衣物吹上半天。有宴客者，八盘十六碟随风而去，少顷落于数十里外李姓家，肴果摆设丝毫不动。尤奇者，南街上"清白流芳"牌楼之左，一妇人沐浴后簪花傅粉，抱一孩移一竹榻坐于门外，被风吹起，冉冉而升，万目观望，如虎丘泥偶一座，少顷没入云中。明日，妇人至自邵伯镇，镇去城四十余里，安然无恙。云："初上时，耳听风响，甚怕。愈上愈凉爽，俯视城市，但见云雾，不知高低。落地时，亦徐徐而坠，稳如乘舆，但心中茫然耳。"（卷十一《龙阵风》）

按龙阵风现在称为龙卷风，威力极大，很难预测，也无从预防。辛酉是乾隆六年（1741），这一次扬州一带发生的龙卷风似乎相对温和。袁枚当时记录了这一条新闻，很值得感谢，应记入有关的气象大事记。

南阳县有杨二相公者，精于拳勇……率其徒行教常州。每至演武场传授枪棒，观者如堵。忽一日，有卖蒜叟，龙钟伛偻，咳嗽不绝声，旁睨而揶揄之。众大骇，走告杨。杨大怒，召叟至前，以拳打砖墙，陷入尺许，傲之曰："叟能如是乎？"叟曰："君能打墙，不能打人。"杨愈怒，骂曰："老奴能受我打乎？打死勿怨。"叟笑曰："老人垂死之年，能以一死成君之名，死亦何怨？"乃广约众人，写立誓券。令杨养息三日。老人自缚于树，解衣露腹。杨故取势于十步外，奋拳击之。老人寂然无声，但见杨双膝跪地，叩头曰："晚生知罪了！"拔其拳，已夹入老人腹中，坚不可出。哀求良久，老人鼓腹纵之，已跌出一石桥外矣。老人徐徐负蒜而归，卒不肯告人姓氏。（卷十四《卖蒜叟》）

按民间自有高人，而特别高的高人往往不露真相，亦不求名，甚且有意隐姓埋名。而凡是气势汹汹，牛皮满满之辈，虽然大抵也有些本事，总归比较有限，他自我膨胀之后，很容易栽跟头，出洋相，杨二相公即此类之人也。

李刚主讲正心诚意之学。有日记一部，必据实书之。每与其妻交媾，必楷书某月某日与老妻敦伦一次。（卷二十一《敦伦》）

按这位李刚主（即略早于袁枚的清代思想家李塨，1659—1733）确为实话实说的君子。袁枚在《答杨笠湖书》中也说到此事，略云："李刚主自负不欺之学。日记云昨夜与老妻敦伦一次，至今传为笑谈。"鲁迅在文章中用过李氏"敦伦"（使伦理关系更加笃实，这里指性交）这个比较罕见的典故，说是"时而'敦伦'者不失为圣贤"（《且介亭杂文二集·病后杂谈》）。1981年版《鲁迅全集》为此出注，引出《答杨笠湖书》，这是很好的，或不如径引《子不语》的这一则记事更为切近。

盖袁枚这部小说的影响远大于他的书信，而鲁迅是研究过《子不语》的，评为"其文屏去雕饰，反近自然，然过于率意，亦多芜秽，自题'戏编'，得其实矣"（《中国小说史略·清之拟晋唐小说及其支流》）。

原载《文汇报》2019年4月26日《笔会》

清代三大词人

清代词人辈出,作品海量,很难一一取读,亦不必一一拜读。如欲精简头绪,直奔菁华而去,或可优先选读纳兰性德(原名成德,字容若,1654—1685)、项鸿祚(字莲生,1798—1835)、蒋春霖(字鹿潭,1818—1868)这三位大词人的部分佳作——他们的词集分别是《饮水词》《忆云词》和《水云楼词》。

晚清著名词论家谭献(1830—1901)说:"《水云楼词》固清商变徵之声,而流别甚正,家数颇大,与成容若、项莲生二百年中分鼎三足。咸丰兵事,天挺此才,为倚声家杜老。"(《复堂词话》)此说未必即为定论,但这三家确为成就突出的大词人,其作品皆多有可观。

三大家中活动年代最早名气也最大的是纳兰性德,满洲正黄旗人,其父是当朝宰相明珠,母族出于皇室,他本人则很早就高中了举人(1671)、进士(1676),后担任康熙皇帝的贴身侍卫，家世显赫，才华不凡。容若虽是这样绝顶高大上的豪门才俊，却一贯多愁善感。他其实不大高兴当什么侍卫，颇有感士不遇的意思，但此意绝不能说。他汉化得太深了，同不少汉族高级知识分子有很深的友谊，很想在文化方面多做些贡献，而其志未酬。

他的爱妻卢氏死于难产（1677）以后，容若悲痛欲绝，一连写了三十多首悼亡之作，一往情深，不忍卒读。例如著名的《蝶恋花》一词云：

辛苦最怜天上月，一昔如环，昔昔常如玦。但似月轮终皎洁，不辞冰雪为君热。 无奈钟情容易绝，燕子依然，软踏帘钩说。唱罢秋坟愁未歇，春丛认取双栖蝶。

《世说新语》里记载曹魏时的才子荀粲非常爱他的夫人，"冬月妇病热，乃出中庭，自取冷还，以身熨之"。自己也很想如此，而如今却无从做到了。唐人李贺《秋来》诗云"秋坟鬼唱鲍家诗，恨血千年土中碧"，我如今只能唱这样的挽歌，希望自己死后能与亡妇一同化为双飞之蝶。

容若又有《山花子》词云：

欲话心情梦已阑，镜中依约见春山。方悔从前真草草，等闲看。

清代三大词人

> 环佩只应归月下,钿钗何意寄人间。多少滴残红蜡泪,几时干。

亲人死后,才更觉感情之可贵。中国古代写婚前恋爱的诗不多,而在悼亡的诗词中,作家们的情感才得以充分地表达。到这时候,父母之命、媒妁之言那些青年时代的拘束已不存在,也不会有人来指摘自己沉溺于女色,于是彼此都只见一片人间的真情。对象死了以后才能大谈其爱,这是何等残酷的悖论!

纳兰性德佳作甚多,充满了真情,词句通达流畅,绝无掉书袋的晦涩迂腐之气。他的集子有多种注释本,出版得比较早的有《纳兰词笺注》(张草纫撰,上海古籍出版社1995年版),此外又有《饮水词笺校》(赵秀亭 冯统一撰,中华书局2005年版)等多种,取读甚便。

纳兰性德三十岁刚出头就不幸短命而死,项莲生也只活到三十七八岁。他是杭州人,举人(1832),两次参加会试,失败,没有弄到当时读书人最为重视的进士头衔。他出身于经营盐业的富商家庭,但由于父亲死得早,后来又遭遇了一场火灾,功名无望,家道中落,遂亦多愁善感。其词集《忆云词甲乙丙丁稿》(一般简称为《忆云词》)中充满了凄凉哀怨的调子,后二集尤其是如此。作于"甲午(道光十四年,1834)人日"之丙稿自序有云:

己丑（道光九年，1829）冬，编次近作为丙稿，未授梓。弊庐不戒于火，弱骨成灰，藏书略尽，遑问词哉？……嗣是叠遭家难，索居鲜欢，追忆前尘，十遗八九，合寅、卯、辰、巳所作，仅有此数。录刊一卷，仍列甲、乙之后。嗟夫！不为无益之事，何以遣有涯之生？……俯仰生平，百端交集，正不独此事而已。

一个潦倒失意的士人，借写词来发抒情怀，打发人生，虽然不可能有多么重大的意义，但可读性比较好，高于种种常见的无病呻吟。就从这丙稿中举出两首来看：

阊阖城下漏声残。别愁千万端。蜀笺书字报平安。烛花和泪弹。

无一语，只加餐。病时须自宽。早梅庭院夜深寒。月中休倚栏。

——《阮郎归　吴门寄家书》

如此江山，尽容我，舵楼吹笛。有谁更、击冰夷鼓，鼓湘灵瑟。樯舻灰飞风卷箨，英雄事去沉沙戟。问明月、何处是扬州，寒潮拍。

桑海换，蛟宫泣。城市远，鼍更涩。荡鳞波万顷，送迎残客。香雾云鬟归梦冷，金支翠羽诸天寂。望故园，只在去鸿边，无消息。

——《满江红　夜泊京口》

抒发的都是相当普泛的人间感情，很容易引起同感和共鸣。

项莲生不单写词，诗也有不少，他在遭遇火灾之后收拾余墨，编成诗集《小墨林诗钞》二册、骈散体杂文《小墨林杂著》二册，可惜身前皆未能刊行；其清稿本今藏于扬州图书馆，现在已由扬州青年学者曹明升君加以整理点校，同《忆云词》的校订本一道编为《项莲生集》，由浙江古籍出版社印行（2018年），为《浙江文丛》中的一种。要了解这位大词人，此书自是最佳的本子。

近代诗词名家蒋春霖的社会地位介于贵族公子纳兰性德与布衣名士项鸿祚之间，他在苏中一带当过几年盐官，后来长期流寓于以泰州（旧名海陵）为中心的水网地区，有时在城区，有时在附近的乡镇，其中住在溱潼湖畔的时间比较长，他的诗词集即以溱潼寿圣寺内的水云楼题名，有《水云楼词》二卷、《水云楼词续》一卷以及诗集《水云楼剩稿》。这些作品均已收入校注详明的《水云楼诗词笺注》一书（刘勇刚撰，上海古籍出版社2011年版）。

蒋春霖创作的年代正是太平军与清政府剧烈对抗之时，南京成了太平天国的首都，蒋春霖的家乡江阴也被太平军占领，泰州附近的扬州则是双方全力争夺的战略要地。战火连天，哀鸿遍地，蒋春霖既有家归不得，便只好躲在水荡子里过他潦倒清贫的暗淡生活。

描写太平军所引起的动乱以及词人无可奈何的愁思是

水云楼词的一大内容。其《满庭芳》词云：

黄叶人家，芦花天气，到门秋水成湖。携尊船过，帆小入菰蒲。谁识天涯倦客，野桥外、寒雀惊呼。还惆怅，霜前瘦影，人似柳萧疏。

愁余。空自把，乡心寄雁，泛宅依凫。任相逢一笑，不是吾庐。漫托鱼波万顷，便秋风、难问莼鲈。空江上，沉沉戍鼓，落日大旗孤。

此词作于咸丰十年（1860），其中提到的"鱼波万顷"即指溱潼湖。词前小序说："秋水时至，海陵诸村落辄成湖荡，小舟来去，竟日在芦花中。余居此最久，亦忘岑寂。乡人偶至，话及兵革，咏'我亦有家归未得'之句，不觉怅然。"一个战乱中软弱的士人很容易产生这样的情绪。作为一个曾经当过官的高级知识分子，蒋春霖自然希望政府能够尽快平息叛乱，重整河山；但战争的形势却不容乐观。词中最后几句拉开去写长江上政府的战备，兵船上旗帜相当孤单，戍鼓沉沉，看不到多少希望——这大约是前来探望他的同乡所介绍的情况吧。

蒋春霖没有亲身经历过战火，他往往根据二手材料来写时局。咸丰四年（甲戌，1854），他的一个熟人从南京逃到苏北来，遂据其见闻作《木兰花慢》词云：

破惊涛一叶，看千里，阵图开。正铁锁横江，长旗树垒，半壁尘埃。秦淮。几星磷火，错惊疑，灯火旧楼台。落日征帆黯黯，沉江戍鼓哀哀。

安排，多少清才。弓挂树，字磨崖。甚绕鹊寒枝，闻鸡晓色，岁月无涯。云埋蒋山自碧，打空城只有夜潮来。谁倚莫愁艇子，一川烟雨徘徊。

其人乘一叶扁舟，在暗淡的暮色中离开形势严峻的南京，连夜逃向苏北，一路惊魂不定，充满了恐惧和哀伤。这一桩凡人小事倒也能反映了那个时代某些本质的方面。

因为蒋春霖的词多次写到太平天国时期的时事，稍后的词论家谭献就将他称为"词史"，甚至认为他可以同杜甫媲美，乃是"倚声家杜老"。蒋春霖的词每多涉及时事是不错的，但恐怕远不能同"诗史"杜甫相提并论，这不仅因为他没有像杜甫那样直接而深刻地写出历史，更重要的是他并不具备杜甫忧国忧民的博大胸怀。后来蒋春霖在五十岁那年仰药自杀，原因是穷愁潦倒，受到老朋友的冷遇，家里又发生了令他难堪的变故——他一向考虑得更多的乃是个人的遭遇和命运，颇多没落悲凉的情调，其作品很难成为以天下国家为怀的不朽"诗史"或"词史"。当然，他仍不失为有成就的大词人——像杜甫那样伟大的诗人，也只有一个。

当时水网深处的溱潼没有受到战乱的任何影响，民间的生活一切正常,传统悠久的会船(延续至今,为当地旅游业的盛大节目)照样进行,《水云楼剩稿》有诗以记其事云:"楼船临北郭,玄武凿池宽。竞渡原儿戏,冯河亦壮观。鱼龙惊沸水,鼓角助狂澜。百里烽犹远,熙熙万姓看。"颈联二句("鱼龙惊沸水,鼓角助狂澜")写会船的气势颇为真切。诗题作《东台杂诗》其十一,那时溱潼在东台辖下,同现在的行政区划(隶属于泰州市姜堰区)不同;但它的方位在泰州城区之北,这是没有也不会有什么变化的。"百里烽犹远"一句写这里因为优越的地理位置而没有受到战乱的影响,民间生活还能不改常态。

《清史稿·文苑传》特别引用了项莲生的"不为无益之事,何以遣有涯之生"这句话,说是"学者诵而悲之"。从此这句话更为有名,具有相当高的引用频率。传中又采用谭献的意见,称纳兰、项、蒋在清词中为鼎足而立的三大家,这个提法后来得到了比较广泛的认可。

原载《稻河》杂志 2019 年第 6 期

从"封狼居胥"说到《封燕然山铭》
——辛德勇先生新书读后记

一

《宋书·文帝纪》载,元嘉二十七年(450)七月,文帝刘义隆"遣宁朔将军王玄谟北伐",大败,北魏方面一直打到长江北岸的瓜步,刘宋首都建康(今江苏南京)告急,内外戒严;稍后北魏主动退走,而刘宋方面的损失已极惨重。

王玄谟是一向主张北伐中原的,得到文帝的支持。《宋书·王玄谟传》载:"玄谟每陈北侵之策,上(指文帝刘义隆)谓殷景仁曰:'闻王玄谟陈说,使人有封狼居胥意。'"当时赞成北伐的大臣很少,大抵认为不可行,结果也确实是大败亏输,狼狈不堪。事后刘义隆作自我批评说:"北伐之计,同议者少,今日士庶劳怨,不得无惭。贻大夫之忧,在予过矣。"(《南史·宋文帝纪》)从先前

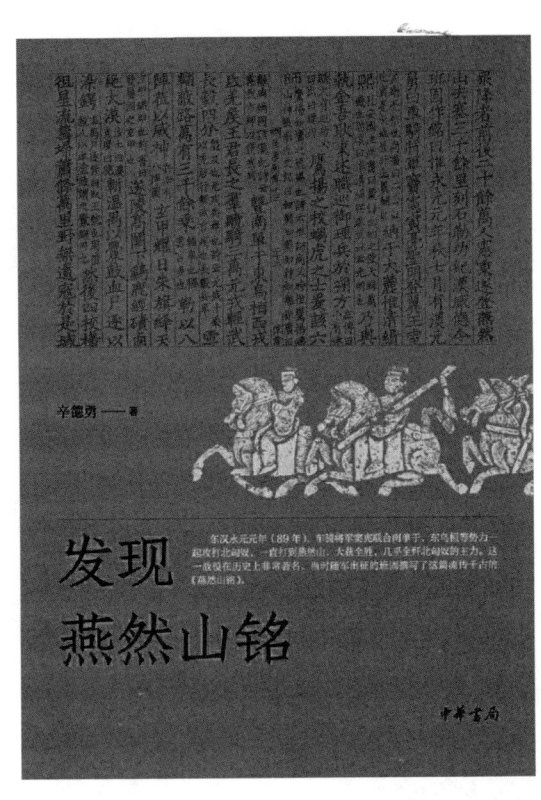

辛德勇著《发现燕然山铭》,中华书局2018年版

的信心满满，到此刻的坦承过失，宋文帝提供了重要的历史教训：战争是非同小可的大事，一时的意气之盛千万不能轻易地转化为决策和行动。

狼居胥是一座名山，简称狼山，在今蒙古国境内。汉武帝元狩四年（前119），大将军卫青、骠骑将军霍去病分别率部北上攻匈奴，霍去病部战果极其辉煌，得以"封狼居胥山，禅于姑衍，登临瀚海"（《史记·卫将军骠骑列传》）。班师回朝以后，得到很优厚的封赏。

代表国家在边远之地的山上积土为坛祭祀天地，在古代乃是非同小可的大典，足以载入史册的。霍去病从此成为声望极高的将领。刘义隆在听到王玄谟的一番高论之后"有封狼居胥意"，无非表明他对行将举行的北伐充满了浪漫主义的美好幻想。

可惜刘义隆、王玄谟君臣没有弄清楚敌我力量的对比，盲目自信，结果只能惨败。后来南宋词人辛弃疾提到此事，说是"元嘉草草，封狼居胥，赢得仓皇北顾"（《永遇乐·京口北固楼怀古》）。草草决策，草草开战，实为政治、军事上的大忌。

封禅大典可以有不同的级别，一般由最高领导人主持，郑重其事地"用事于鬼神"。《史记》卷二十八《封禅书》曾详述其历史变迁，又引《周官》说"天子祭天下名山大川……诸侯祭其疆内名山大川"，打了大胜仗的将军也可以代表国家祭于其获胜之处的名山。

东汉永元元年（89），车骑将军窦宪北击匈奴获胜，"遂登燕然山（今蒙古境内杭爱山余脉），刻石勒功而还"（《后汉书·窦宪传》）。摩崖石刻铭文出于其同僚、中护军班固（32—92）之手。虽然窦宪也曾模仿霍去病的先例在取得对匈奴作战的巨大胜利以后建坛祭祀天地，很像是封禅的样子（详见班固《车骑将军窦北征颂》，《古文苑》卷十二），但他显然没有得到授权，未便大张旗鼓地进行，不能上报，后来史书也不载；他能够放手去做的，只能是勒石纪功，自我表彰，而班固此铭亦颇能尽歌颂之能事。

辛德勇先生在《发现燕然山铭》一书（中华书局2018年8月版）中说，《文选》本《封燕然山铭》的"封"字应当删去，因为这一份铭文同封禅无关。所见极是。这篇铭文的标题原是由后人加上的，现在删去这个容易引起误会的"封"字，很好；而如欲保留，好像也可以，为尊重《文选》以来的约定俗成起见，更似以保留为宜。封禅之事到东汉已渐衰歇，而封山纪功的风气则方兴未艾，何况前有霍去病封禅而兼庆功，今有窦宪庆功而欲兼封禅，这两个方面后人遂不复严加区分了。读《封燕然山铭》时，我们只需明白这里的"封"乃是封山刊石纪功的意思，也就是了。

二

前人文章中的主次轻重,在后代读者的心目中可能发生逆转。例如古人的墓志铭,篇末那些天花乱坠的铭文大抵都是谀墓的高调,当时最为受众看重,而现在的读者有时便略去不读或一眼掠过,只是着重从前面的志文中了解墓主的生平事迹。《封燕然山铭》中小序和铭辞这前后两部分之轻重似乎也不免产生了类似的倒转:铭辞中的歌功颂德变得不那么重要,前面小序中那些背景材料则成了珍贵的史料。

"铄王师兮征荒裔,剿凶虐兮截海外。复其邈兮亘地界,封神丘兮建隆嵑(碣)。熙帝载兮振万世!"这几句铭辞无非是那时的一些套话,而序言的内容非常实在,此役的兵员配置、经过和意义,都在这里做出了交代,较之其他有关的史料如《后汉书·窦宪传》之类,说得更加清楚而且具体,其文如下(标点参用了辛先生的见解):

惟永元元年秋七月,有汉元舅曰车骑将军窦宪,寅亮圣皇,登翼王室,纳于大麓,惟清缉熙。乃与执金吾耿秉,述职巡御,治兵于朔方。鹰扬之校,螭虎之士,爰该六师,暨南单于、东胡、乌桓、西戎、氐、羌侯王君长之群,骁骑十万。元戎轻武,长毂四分,雷辎蔽路,万有三千余乘。勒以八阵,莅以威神,玄甲耀日,朱旗绛天。遂陵高阙,下鸡鹿,经碛卤,绝大漠,斩温禺以衅鼓,血尸逐以染锷。然后四校横徂,星流彗扫,萧条万里,野无遗寇。于是域灭区殚,反旆而旋。考传验图,穷览其山川:(遂)逾涿邪,跨安侯,乘燕然,蹑冒顿之区落,焚老上之龙庭。上以摅高、文之宿愤,光祖宗之玄灵;下以安固后嗣,恢拓境宇,振大汉之天声。兹可谓一劳而久逸,暂费而永宁也。乃遂封山刊石,昭铭盛德。其辞曰……(《文选》卷五十六)

《封燕然山铭》摩崖刻石的发现,使得赫赫有名而位置不明的燕然山有了明确的地理坐标,铭文中的许多地名涉及当年北征的路线和有关的历史背景,《发现燕然山铭》一书将其间种种复杂问题说得头头是道,充满了历史地理学的深刻见解,订正了过去许多错误的认识,读来令我辈素人增加了许多知识,大有获得的喜悦。该铭的摩崖刻石是2017年8月公布于世的,而一年以后《发现燕然山铭》一书即已上市,其速度和质量均令人极为钦佩。学养深厚,动作敏捷,有料有趣,肯接地气——这样雅俗共赏的学术成果再多一些就更好了。

班固铭文的原刻经过两千年的风吹雨打,泐损严重,一部分字迹难以辨认,又有与两种传世纸质文本(《后汉书》本、《文选》本)不无出入的地方,其间仍多有疑点。如能看到更清楚的照片和拓片,研究应当还有提升的空间。

我想今后在文字的校勘方面，有些细节之处似可不必求之过深。摩崖文本同传世纸质文本之间的某些差别，可能是当时施工刻石时受制于种种实际情况而临时发生的变易，并没有多少深意。例如铭词中的几个"兮"字，石刻中未见，大约是当年上石时觉得可有可无，便省去此字，以便安排，未必有什么特别的奥妙。

萧统《文选》在编撰过程中，颇有编辑加工，其文本相对于它所依据之底本以及其他前在文本可能会产生某些小小的变异，这里的《封燕然山铭》同此前《后汉书·窦宪传》所载之文本就有好几处差异；而《后汉书》的作者范晔同样洒脱不拘，他在史传中收录后汉文章，有时也会自作主张地加以修改润饰。从文章学的角度看，他往往改得很好。编辑给作者改文章，如今仍有，而于古为烈，这些改动一般不甚为外人所知，即使知道有时也难以判明其是非优劣。摩崖本的面世使《封燕然山铭》的文字校勘工作出现了一线光明，希望有关方面能尽早公布清晰的照片和拓片，至少研究《后汉书》和《文选》将由此获得宝贵的信息。

原载《中华读书报》2019年2月20日第10版《书评周刊·社科》

文学史后台研究的一大收获

《从乡里到都城：历史与空间变迁视野中的十六国北朝文学》（三联书店 2019 年 5 月版）一书是蔡丹君在她前几年撰成之博士论文（曾被评为北京大学优秀博士论文）的基础上加工修订而成的一部专著，凡四十余万言。最近通读此书，十分兴奋：理解十六国与北朝文学，于此又有了一条足以贯通全局而且相当通畅的路径，与先前颇为学者乐道的种族、门第、地域、宗教等角度足以互相发明，而且可以起到某种统摄的作用。

本书的要旨和意义大抵见于绪论中的这样一段话：

> 过去的文学史研究一般"重南而不重北"，且一般认为是南方地区文学主导了北方地区文学发展的方向，影响了其后来居上的文学成就。而事实上，北方地区的历史发展遵循了它自身的道路。在历史变迁之中所形成的北朝文

从乡里到都城：
历史与空间变迁视野中的十六国北朝文学

History from Below:
The Study of the Sixteen Kingdoms Period and
North Dynasties' Literature (303 - 589)

蔡丹君 著

蔡丹君著《从乡里到都城：历史与空间变迁视野中的十六国北朝文学》，三联书店2019年版学发展局面，与南朝截然有别……在将近三百年的漫长历史变迁之中，北朝文学的发展空间经历了这样的折转：在城市遭到摧毁之后，文学的发展从上层社会渗透到更为广阔的乡里社会中，文学发展的使命，也随之从上层世族文人的手中转到中下层士人的肩上。乡里社会源源不断地产生优秀的文人，文学在"乡里社会"中得到传承和创新。随后，乡里所产生的文人又向城市聚拢，回归。这种在乡里社会中繁育出的巨大文化再生力量，使得北朝文学的发展秩序，可以适应战乱，适应异族统治，适应意识形态的变化而不断获得存续和再生。（第11页）

西晋"八王之乱"和随后的"五胡乱华"，把首都洛阳和一批城市完全摧毁了，许多世族特别是高级世族不得已向长江以南迁移以求自保，永嘉（307—312）时更形成了"四海南奔"的可悲而壮观的局面；但仍有大量的世族，主要是中、下层世族，并没有南奔，而是从城市退回乡里，或一直在故里坚守，抱团取暖，繁衍后代，耕读传家，以待未来；等到政局渐趋稳定、天下比较太平以后，其中的优秀人才通过各种途径又渐渐走出乡里，来到新的政治中心——平城（今山西大同）、洛阳、邺城（今河北临漳）、长安——以获得更好的生存条件，寻求比较远大的发展，同时也可以从事各种类型的文化、文学活动。

都城——乡里——都城，蔡丹君以其学术慧眼看透了中古后期的北方有这样一条线索，并就此对十六国与北朝文学的来龙去脉作出了崭新的通论，于是写出了下列五章锦绣文章：

"还居乡里"：西晋末年文人、文学的存续
十六国时期的胡族政权与乡里士人
北朝的乡里制度变革与文学发展
魏末乡里士人群体在洛阳的文学活动
北朝末期都城文学的发展及其对南朝文学的超越

每一章都根据相当详尽、经过烹炼的史料加以充分论证和叙述，同时吸收了中外（尤其是日本）学术界的研究成果，畅论所见，文史结合，头头是道。读来如瓶泻水，痛快淋漓。

书中有些节段很像是历史学特别是社会生活史的宏文，似乎同文学关系比较远，全书也较少论述文学文本。这是因为她的本意和重点原不在研究十六国与北朝时期具体的文学文本，而在探讨这一阶段文学发生、发展的空间和历史条件，说明它是如何存在，如何形成自己的特质的。这是一种致力于纵深背景与多维机制的研究，而非常见的传世作品之分析与鉴赏。文学史研究如同看戏，资深戏迷往往要深入到后台去探视研究一番，当然，一般的戏剧爱好者和评论家只需坐在面对前台的座位上认真看戏也就可以了。

其实也不单是北朝文学因其文学文本不足而不得不于幕后用力，即使是文学繁荣、文本丰富的时段，也很应该加强其后台的探讨研究。研究前台的文学成就史是完全必要的，探讨深藏在背后的文学史发展之深层机制也同样必要，而且也更加可以有所作为——这里分明有许多富矿。

深入研究社会生活同北朝文学的关系，乃是由已故国学大师曹道衡先生开创并取得重要成果的一条思路。本书称曹先生为"北朝文学研究的奠基人""唯一真正研究过乡里社会与北朝文学发展之具体关系的研究者"（绪论第20页），蔡丹君先后师事曹先生的高足弟子傅刚、刘跃进，于是很顺当地沿着曹太师的路子继续往前走。她能取得这样好的成绩，自是渊源有自；而更值得欣赏和表彰的，是她的勤奋、聪明、灵敏，特别是对于学术研究抱有高昂的热情。青年学者最重要的还是要靠自己的不断努力，名师门下未必个个是高徒，正如富豪的后代未必能始终全都腰缠万贯一样。

"老见异书"是人生的快事，所谓"异"，就是远离平庸的意思。蔡丹君这部新书，令人对北朝文学研究的前景充满了信心。

顺便也提两条意见，聊供参考并借以结束这篇读后感。

一是后来北朝文学的水平超越了南朝，其原因固然要从北方去找，如蔡书最后一章已经予以深入探讨者。同时也要注意南朝后期文学的衰落，萧梁后期宫体产生以后，取得了若干成绩，影响异常深远。可惜的是侯景之乱使得南方元气大伤，后来以宫廷文人为核心的南方文人群体眼界越来越窄，艺术上渐趋于单一，陈朝的文人精神日渐萎靡，往而不返，做不出什么好东西来了；北方则较多生气。人没有一点精神是不行的。一边在向前走，一边则往下滑，于是水平的对比就有利于北而不利于南了。南北朝文学还是放在一起来讨论为好。

二是本书有些话好像说得不够准确，例如说："永康元年（300），潘岳等人已经见杀于东海王越。"（绪论第3页）查潘岳等人是被发动政变的赵王司马伦及其嬖人孙秀杀掉的，与东海王司马越无关。《晋书》卷五十五《赵王伦传》载："（司马）伦素庸下，无智策，复受制于（孙）秀……前卫尉石崇、黄门侍郎潘岳皆与秀有嫌，并见诛。"又如在讲起北魏河朔士大夫与凉州文人的关系时，引用曹道衡的意见道："这些河朔的士大夫……由于缺乏交流和互相切磋，水平很难提高，估计崔浩赠答张湛的诗如果保存到今天，大约也不过像宗钦、高允相赠答及段承根赠李宝之作一样质木无文……至于凉州文人，在入魏之前，恐怕其文学水平也比入魏前要高。"（第192页）这话很是费解，其中或当有错字。诸如此类的小瑕疵都是无关宏旨的细节，如果工作更仔细些，那就更好。

原载《中华读书报》2019年9月18日第9版《书评周刊》

无所不谈的题跋
——读整理本《五十万卷楼群书跋文》

为古书写题跋，可以同完全程式化的书录、提要不尽相同，这里除了"条其篇目，撮其指意"（《汉书·艺文志》）以外，除了考辨记录其作者、真伪、版本、流传、序跋、行款等等以外，还可以再随宜地加进一些与该古籍相关的其他内容，如得书经过、有关掌故、同类著作以及由此而生的议论、抒情之类。清代大藏书家黄丕烈的题跋，有一些就写得近于随笔；当代大藏书家黄裳更以其丰富多彩的古书题跋驰誉文坛，赢得大量"黄迷"。生活年代介乎二黄之间的著名藏书家莫伯骥（字天一，1878—1958）的《五十万卷楼群书跋文》，内容亦复不拘一格，其中涉及经史子集古籍四百余部，围绕各书无所不谈，与时俱进，滔滔不绝，其自注中亦多有高论，读起来很有兴味。时人比之为陈垣、余嘉锡，是有道理的。

莫先生的这一批跋文1947、1948年间曾印行过一次，

莫伯骥著、曾贻芬整理《五十万卷楼群书跋文》，中华书局 2019 年版

数量无多，不易入手。最近的一件盛事是中华书局推出了著名学者曾贻芬先生点校整理的《五十万卷楼群书跋文》（上下册，2019年3月版），为"书目题跋丛书"之一。笔者幽居多暇，因得以纵意渔猎，选读之际，每有会意即欣然忘食，颇获五柳先生陶渊明式的快乐。

莫伯骥谈古书版本很有眼光。例如关于史部（一）的《大金国志》，即博引中外学者的意见，充分肯定此书"正多可取"（上册，第179页）。又如集部（六）著录的《玉台新咏》一书，版本系统虽然不算很复杂，而演变的真相却始终不十分清楚，至今仍然未能得出一致的结论。莫氏跋文相当详细地介绍他所见过的此书诸本，颇有助于人们深入思考这一难题。他珍藏的一部是季沧苇旧藏之明崇祯癸酉（1633）赵氏仿宋刻本——这个寒山赵均刻本长期以来最为流行，近人或以为是最佳之本——莫伯骥就此本加按语道：

> 前清纪氏容舒《玉台新咏考异序》云："六朝总集存于今者《文选》及《玉台新咏》耳，《文选》盛行，而《玉台新咏》则在若隐若显间，其不亡者幸也。自明以来无善本，赵灵均之所刻，冯默庵之所校，悉以嘉定宋刻为鼻祖，然观所载陈玉父跋，又称得石氏录本，补亡校脱，然则窜乱旧本，亦未必不始于斯时。陈氏兹刻，盖亦功过参半矣。"……可知此本虽明翻，然前人所谓宋刻已无从寻

无所不谈的题跋

访，则嫡子为大宗，比於叔敖之胤，优孟衣冠，为尤可贵矣。（下册，第759—760页）

如此，则寒山赵氏刊本的可贵之处和问题所在，都说得比较明白了，莫伯骥在跋文中又说：

近岁敦煌发见《玉台新咏》残卷，起张华《情诗》第五篇，迄《王明君辞》，存五十一行，前后尚有残字七行，诸诗皆在《玉台新咏》卷二之末，近人尝以今本与之对勘，异同甚多，亦可与此本互校，故录之……（下册，第761页）

按敦煌本《玉台新咏》残卷曾由罗振玉收入《鸣沙石室古籍丛残》，罗氏的跋语指出"旧例赖此本存之"，具有重要的参考价值。莫氏以敦煌石室所藏写本校明翻宋本，注意利用新发现的文本来从事研究，正所谓"预流"，水平大大高于一般的仅以收藏为重的藏书家。

《五十万卷楼群书跋文》固然主要讲文献，而亦重视义理，例如关于子部（一）的王充《论衡》，跋文写道：

宋陈骙《文则》谓王氏《问孔》篇中於《论语》多所指摘，未免桀犬吠尧之罪。又有人谓《论衡》中如《问孔》《刺孟》二篇，奋其笔端以与圣贤相轧，论辩新颖，务求繁辞尽意,金谓王氏不当如是。伯骥按:后来如金李纯甫、明李卓吾著书,每与孔孟为难,当导源于此。言论解放,不为古今人束缚,表现怀疑派哲学精神,王氏实开其端。盖吾国人奉前言为偶像,界域心思,封蔀灵府,遂成为一尊之学术,倘能如印度之龙树提婆,多所辨论,当日益昌明,其时彼中学派近百种,诘难既多,劣者败退,优者长存,而哲理因之演进,固实例也。……大凡真好读古书者,鲜有不嗜新学新理者也,而御世宰物者不导之研精新学新理,而别以一物焉,衡其虑困,其心如此,则其心不杂,心不杂则皆为我用矣。(上册,第276—277页)

莫伯骥既是成功的商人(所获之利几乎全用来购求古籍)和古籍收藏家,也是一位渊博的学者。他的思想毫不迂腐僵化,书中多有诸如此类的高见卓识,是很值得钦佩的。

整理本《五十万卷楼群书跋文》校订精细不苟,印刷装帧也很好,如果说还有什么可以改进之处的话,那恐怕就是书前的目录一味仍其旧贯,而无改进。为读者的方便起见,其实可以新编一个细目列于全书之首,以取代原先过于从简的目录。似可采用下列格式——

经部一
通志堂经解

两苏经解

周易兼义　略例　音义

周易程传

周易传义

周易本义

周易玩辞

诚斋先生易传

易源奥义　周易原旨

读书丛说

各书之下，列出页码。如此安排，则读者欲查某部某书只要一看目录便可以迅即检出。像《五十万卷楼群书跋文》这样的大著，一般来说通读的人比较少，而选读、查阅的人相当多，有此细目比较方便。当然，为读者提供检索的方便，本书整理者已经考虑到了，书末的"四角号码书名索引"即为此而制；如果再把前面的目录做得细致一些，则可以从另一侧面提供更为直观的便。佛家讲究大开方便之门，目录与索引，一前一后，双管齐下，正所以求其"大"也。整个"书目题跋丛书"都不妨采用这样的办法，不知整理者出版者以为如何。

原载《中华读书报》2019年4月24日第10版《书评周刊·社科》

向儿童传递传统文化的有益尝试
——喜读《童心萌蒙绘——传统文化里的中国精神》

鲁迅先生在一篇题为《新秋杂识》（后收入《准风月谈》）的短文中说起蚂蚁打仗的情形，介绍一种动物世界的知识道——

蚂蚁中有一种武士蚁，自己不造窠，不求食，一生的事业，是专在攻击别种蚂蚁，掠取幼虫，使成奴隶，给它服役的。但奇怪的是它决不掠取成虫，因为已经难施教化，他所掠取的一定只限于幼虫和蛹，使在盗窟里长大，毫不记得先前，永远是愚忠的奴隶，不但服役，每当武士蚁出去劫掠的时候，它还跟在一起，帮着搬运那些被侵略的同族的幼虫和蛹去了。

鲁迅由此说到儿童教育之重要，在这个阶段实施"教化"，可收事半功倍的效果。幼学如漆，可以终身不改。

由此观之，要进行中国传统文化的教育，儿童时代乃是一个非常重要甚至可以说最为重要的阶段。

所以现在《三字经》等传统启蒙读物很受青睐，背诵之声，不绝于耳；连外国小朋友也在大洋彼岸诵读这部经典，东学西渐，形势喜人。在我们这里不仅多有专家学者登台讲解这部小儿科的经典，老师和家长们也纷纷督促孩子们学习和背诵，坊间更出版了不少围绕《三字经》的种种读物。传统文化终于恢复了它应有的崇高地位，令人心旷神怡。

但我总觉得这里面还有两个值得反思研究的问题，一来呢，这《三字经》里总是有些专制时代的伦理道德说教，不尽合于今天的时宜，传统启蒙读物里难免夹杂了一些应当扬弃的糟粕，而人们对此未必都有足够的认识。例如有专家在新版的《三字经》本里做了一些删节和改造，就遭到某种反对，一些人认为动不得。《三字经》为什么不能与时俱进？孔夫子本人本来就是"圣之时者也"（《孟子·万章下》），一部儒家后学撰写的儿童读物为什么就非得故步自封不可？尊重儒家学说传统者，不当如是也。

而更大的隐忧在于，《三字经》如此风靡一时，换一个角度看，其实表明了现在何等缺乏合适的灌输传统文化的儿童教育读物。新的不来，旧的便不去。旧有旧的好处，但也不免有它的问题。当下的国学家们、儿童文学家们、儿童教育专家们，老师们，为什么不多写一些适合儿童读的好看好玩好记住的新经典呢?

令人高兴的是,这样的新书正在慢慢陆续出台。我最近看到一部《童心萌蒙绘——传统文化里的中国精神》(福建教育出版社2017年9月版),就是令人十分高兴的一部新书。这部绘本是围绕社会主义核心价值观来编写的,凡三册,讲了三四一十二个小故事,通过这些故事来弘扬传统文化里的中国精神。这里的具体安排是——

第一册 国家层面

贞观之治(富强)、邹忌纳谏(民主)、仓颉造字(文明)、文武相和(和谐)

第二册 社会层面

归园田居(自由)、科举取士(平等)、铁面青天(公正)、六月飞雪(法治)

第三册 公民个人层面

屈原投江(爱国)、棉神黄婆(敬业)、季子挂剑(诚信)、六尺礼让(友善)

在每一个故事中,又分名言、关键词、知识宝袋、开动小脑筋四个部分,例如屈原投江这个故事,先引屈原《离骚》中的两句诗;然后标出关键词"爱国",接下来讲屈原爱国的故事;知识宝袋中列出有关屈原的两段基本知识;开动小脑筋相当于思考题,这里问了三条,其中第二条是:"假如你是屈原,遭遇了那样的不公正待遇,你会怎么想?如果你是屈原,当时只要离开楚国,到任何一个大国,比如秦国、晋国,照样能够高官厚禄,你会怎样选择?"

全书经纬分明,内容充实,简明易懂,图文并茂。这里运用了许多国学基本经典中的材料,例如有《周易》、《楚辞》、《战国策》、《史记》、《说文解字》、陶渊明诗、关汉卿杂剧、古代童谣等等,而皆化为浅近易懂的故事、生动形象的图画。不要说小朋友们读起来会兴味盎然,就是我这样古稀以上的老朋友看了,也觉得有趣有益,爱不释手。

前文说起《三字经》是一部小儿科的经典,或者会有人以为我的措辞有些失敬,其实不然。小儿科非常重要,同医院里的其他各科平起平坐。中国古代的头牌名医叫扁鹊,他是一位全科医生,各领域水平皆极高,这才成为绝顶高人。《史记·扁鹊仓公列传》载:

> 扁鹊名闻天下。过邯郸,闻贵妇人,即为带下医,过雒阳,闻周人爱老人,即为耳目痹医,来入咸阳,闻秦人爱小儿,即为小儿医,随俗为变。

扁鹊随俗为变,也从事"小儿科",这正是值得当今的专家们认真学习的大师风范。现在爱小儿的岂止秦人,儿童是各家各户的至爱,也代表着国家民族的未来,把他们教育好，培养成热爱传统文化、践行社会主义核心价值观的华夏优秀子孙，其意义之重大，应当是不言而喻的。

《童心萌蒙绘——传统文化里的中国精神》原是全国教育科学"十三五"规划一个项目的阶段成果，也是国学教育一次成功的尝试，对此奚广庆教授（教育部社会科学司司长）在本书前言中已经给予充分的肯定。希望能看到更多更好的传授传统文化的启蒙读物！

原载《中国艺术报》2019年2月27日第8版副刊

第二辑 鲁海偶拾

鲁迅学笔记八题

《从百草园到三味书屋》

《朝花夕拾》中的《从百草园到三味书屋》一文，文笔优美，百读不厌，常常被选为中学语文教材。过去的分析文章或以为本文是用百草园与三味书屋作对比，着重批评体现孔孟之道的旧教育和不学无术的私塾先生，具有教育意义云云。其实根本不是这么一回事。

关于三味书屋的情形，文章写道——

> 中间挂着一块扁道：三味书屋；扁下是一幅画，画着一只很肥大的梅花鹿伏在古树下。没有孔子的牌位，我们便对着那扁和鹿行礼。第一次算是拜孔子，第二次算是拜先生。
>
> 第二次行礼时，先生便和蔼地在一旁答礼。他是一

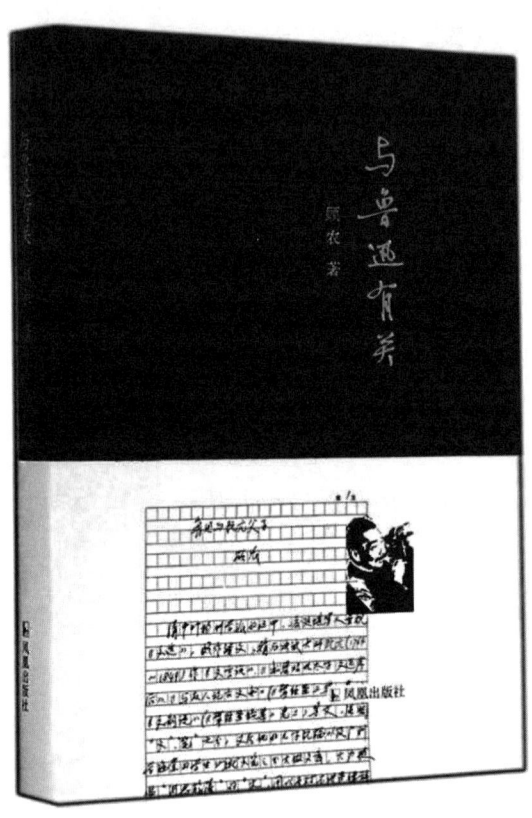

顾农著《与鲁迅有关》，凤凰出版社 2014 年版

个高而瘦的老人，须发都花白了，还戴着大眼镜。我对他很恭敬，因为我早听到，他是本城中极方正，质朴，博学的人。

鲁迅进三味书屋在1892年（光绪十八年），其时正是"孔夫子已经有了'大成至圣文宣王'这一个阔得可怕的头衔，不消说，正是圣道支配了全国的时代"（《且介亭杂文二集·在现代中国的孔夫子》），而三味书屋竟然没有孔夫子的牌位，学生只是对着匾和鹿行礼，"算是拜孔子"，实在相当开明了；须知直到新中国成立前夕，不少私塾里还必须向孔子的画像或牌位磕头。我就磕过这样的头。

三味书屋的寿怀鉴先生（字镜吾，1849—1929）在这篇散文中的形象真所谓古道可风。学生行礼时，他在一旁和蔼地答礼，可见对学生是平等相待的。文章中称他为"渊博的宿儒"，绝不是不学无术的腐儒。"他有一条戒尺，但是不常用，也有罚跪的规则，但也不常用，普通总不过瞪几眼，大声道：'读书！'"这种情形在当时要算是相当开明的了。学生读书时，寿先生也大声朗读，他读的那几句出于南菁书院高材生刘翰1886年（光绪十二年）所作之《李克用置酒三垂岗赋》（见《清嘉集初稿》卷五），一位私塾先生既不去读四书五经，也不去读八股文，却来读这种"豪情胜慨，颠倒淋漓"的辞赋，尤可见其人不同于流俗。

要之,如果我们历史地去看《从百草园到三味书屋》中具体的叙述和描写,便可以知道,这三味书屋是一间相当好的私塾。《朝花夕拾》中还有一篇《五猖会》,写鲁迅幼时正兴高采烈地准备去看五猖会,不料父亲忽然要求他先背诵一段《鉴略》,否则不准去;鲁迅终于背出了这一段书,但看会的兴趣也就一变而为索然了。曾经有人就此批评鲁迅的父亲"不近人情","摧残儿童";周建人批评了这种分析,他说"鲁迅的父亲只要鲁迅把功课背出了,许可他去看五猖会,在那时候已经要算比较的'民主'了"(《略讲关于鲁迅的事情》)。他这里所说的虽然是一个具体问题,却具有普遍意义,就是启示人们读《朝花夕拾》应有历史的眼光,不能苛求前人。对鲁迅的父亲是如此,对三味书屋的寿先生也应是如此。

据张能耿《鲁迅的青少年时代》一书可以知道,三味书屋是当时绍兴比较好的一家私塾,制度严格,教学认真,寿先生对学生态度也比较好,体罚很少很轻。鲁迅的父亲周伯宜不满于家塾中先生周子京(此人不学无术,胡讲一通),于是送儿子到这里来读书。寿先生讲课时有新意,例如他给鲁迅讲陶渊明《五柳先生传》"好读书,不求甚解",说所谓"不求甚解"就是不看注解只读原文的意思;这一解释鲁迅历久不忘(详见《准风月谈·不求甚解》)。前清时代一位塾师能够不查他的秘本空手点完四书,在乡下就要算是一位大学者了；而寿先生更要高明得多，他知识渊博。更可贵的是寿先生具有反帝爱国思想，对清政府的腐败无能、丧权辱国非常气愤。他对鲁迅相当器重。鲁迅在这里学习很认真，对老师很尊敬。离开这里以后他长期同寿先生保持联系，在南京读书和到日本留学后，回绍兴时都去看望这位老师；直到他在北京任职后，还和寿先生通过信。

那么这篇散文就没有对封建主义旧教育的批判吗？当然还是有的，具体表现在下列三个方面：

一是"只读书"的方针。三味书屋当然也是贯彻这样的方针的，"只要读书"，不让学生问一问别的事情，也不给年纪小小天性好动的学生安排一点课外活动；于是小学生们就会背着先生溜到院子里去玩一会儿，有时则趁先生读书入神时用纸糊的盔甲套在指头上做戏，画画儿。

二是陈旧的教学内容。三味书屋让学生读的是《幼学琼林》《论语》《周易》《尚书》，此外就是习字和对课，完全是传统的一套，没有新鲜的知识。鲁迅在这里读五经（《诗经》《尚书》《周易》《礼记》《春秋》），还有《周礼》和《尔雅》。鲁迅后来说："我几乎读过十三经"（《华盖集·十四年的"读经"》），"孔孟的书我读得最早，最熟，然而倒似乎和我不相干"（《坟·写在〈坟〉后面》）：这些书都是三味书屋时读的，当时没有什么自然科学（数理化生）和艺术（音乐美术）方面内容。

三是死读书的教学方法。什么"厥土下上上错厥贡苞茅橘柚",学生是弄不懂的。鲁迅说:"我们先前的学古文……教师并不讲解,只要你死读,自己去记住,分析,比较去。弄得好,是终于能够有些懂,并且竟也可以写出几句来,然而到底弄不通的也多得很。"(《且介亭杂文二集·人生识字胡涂始》)。这种教学方法局限性很大。

鲁迅在文章中用幽默的笔调描写私塾里人声鼎沸的读书声,而实际上却隐藏着若干混乱,这恰恰是那时旧教育微妙的讽刺。寿先生生活在那样的时代,实行这样一套乃是题中应有之义,完全不足为奇。鲁迅没有去追究老师的责任,文章中也没有什么剑拔弩张的批判,只是作轻松幽默的叙事。鲁迅的立足点更高。弄清楚鲁迅对三味书屋的态度,再倒上去看文章前一半关于百草园的部分,可以发现固然有一点与后文对比的意思,但也并不完全是为了进行对比。鲁迅用优美生动的文笔,用真挚的儿童心理刻画这个乐园,写得令人神往;而这个乐园其实也很可怜,同今天的少年宫、儿童乐园比较起来,更是黯然失色。少年鲁迅之所以以此为乐园,无非是那时的家庭教育也颇令人窒息。鲁迅暂时离开家庭教育到这里来呼吸一点新鲜空气,感到很高兴;但很快又要进三味书屋去死读书了,所以他对这园子很留恋。尽管鲁迅的父亲和老师都比较民主,他仍然以百草园为乐园。

《朝花夕拾》是一组精心结撰的回忆散文,许多篇的开头都有承上启下的意味,而不露痕迹。独立可以成篇,并读则见其联系。如果我们将《从百草园到三味书屋》同前面几篇联系起来读,一定可以有更多的领悟。

《藤野先生》

以叙事为主的文章用"衬笔"大抵有两种类型:一种是用相反的事物来对比,此所谓反衬,所谓烘托;一种用性质相同的事物来作衬托,这可以称为陪衬、铺垫,或直接说是正衬也可以。前者如雪中之炭,后者如锦上之花,各有各的用处和妙处。

鲁迅回忆散文名篇《藤野先生》一文中衬笔甚多:写自己的勤奋努力、追求新知,拿那些专门学跳舞、头上盘着大辫子的"清国留学生"来作反衬;写品德高尚、没有民族偏见的藤野先生,则拿侮辱藤野先生的学生会干事来作反衬;写藤野先生治学谨严、教学认真,又拿自己的"任性"、随便改动图上血管的位置来作反衬,如此等等。

此文中又有许多正衬。作者到达仙台以后,"不但学校不收学费,几个教员还为我的食宿操心",这两句相对于下文要描写的藤野先生,可以说是正面的铺垫;鲁迅看了那场著名的新闻片,上面有一群中国人围观中国人被杀,日本学生都拍掌欢呼,文章接下来有一段道:"这种欢呼,是每看一片都有的，但在我，这一声却特别听得刺耳。此后回到中国来，我看见那些闲看枪毙犯人的人们，他们也何尝不酒醉似的喝彩——呜呼，无法可想！但在那时，我的意见却变化了。"就此后"无法可想"的喟然叹息与此刻的心潮澎湃、决计退学的对比而言，是反衬；而就到处都有看热闹的闲汉这一点而言，则是正衬。古人说："衬之理不一，或以目之所见衬，或以耳之所闻衬，或以经史衬，或以古人往事衬，或以对面衬，或以旁观衬，或牵引下文衬，或逆取下意衬：皆衬贴也。"（唐彪《读书作文谱》）鲁迅在这里用此后所见的事来为此时此地之事作衬，正是一种比较常见的衬法。

《藤野先生》最动人的正衬之笔大约要算是最后一段，鲁迅写他如何珍重地收藏着经过先生订正的讲义，表面写自己，而实为写先生，接下去道——

只有他的照相至今还挂在我北京寓居的东墙上，书桌对面。每当夜间疲倦，正想偷懒时，仰面在灯光中瞥见他黑瘦的面貌，似乎正要说出抑扬顿挫的话来，便使我忽又良心发现，而且增加勇气了，于是点上一支烟，再继续写些为"正人君子"之流所深恶痛疾的文字。

好像是写自己，而且涉及时事，其实还是为了写藤野先生，写他崇高人格、伟大精神给予自己的教育和鼓舞。

这样的结尾并未离开文章的主题和主线,而且较之正面歌颂藤野先生更有力量,也更有余味。

《祝福》

鲁迅小说《祝福》的女主人公祥林嫂年纪不大("四十上下")即死于贫困无助,在人们大放其爆竹准备祝福(新春前一种地方性的祭典)的时候。

祥林嫂一生的不幸,起先是因为连续死了三个同她关系很大的人。她的第一任丈夫(名叫祥林,大概姓卫,打柴为生)忽然夭折(才十六七岁),新寡的祥林嫂从婆家逃出来,进城当了一名女工,当时她也还非常年轻("二十六七"),干活勤快,也很乐意在鲁四老爷家做家政服务——这样她算是走出婆婆的统治了。其婆婆之可怕可想而知。

到第二年春天,已经查点到祥林嫂下落的婆婆亲自出面到鲁四家来要求领人回家,同时已先行安排好人马,用强制手段把她绑架而去,并立即转手卖到山里,到手一大笔钱("八十千"),用这笔钱为自家的小儿子娶媳妇,还略有结余。

祥林嫂和他的第二任丈夫贺老六日子还可以过得,但几年后年纪轻轻的贺老六忽因旧病复发而去世。祥林嫂带着儿子阿毛艰难度日,不料阿毛却又给野兽祸害了。家里的房产失去了合法继承人，大伯来收屋，祥林嫂无处安身，只好又到老东家鲁四家来做女工。

鲁四老爷是一位讲理学的老监生，而理学的一大原则是女人不能改嫁：饿死事极小，失节事极大——祥林嫂改嫁过，后来的丈夫又死了，这就成了污点很大的问题人物，低人一等，不干不净，祝福时节的祭祀绝不能让她沾手。迷信的柳妈说，像祥林嫂这样的人死了以后将被一锯两半，分给前后两个丈夫，而救赎的办法是到庙里去捐一条门槛。祥林嫂竭力攒钱，好不容易终于捐了一条门槛，本以为自己的问题就得到解决了，不料根本没有用，祭祀的时候鲁四家仍然不让她沾手。祥林嫂遭此打击，深感绝望，精神完全垮了，身体跟着也垮下来，很快被鲁家赶走，沦为乞丐，不久即惨死于鲁镇。

两个丈夫和一个儿子的死带有很大的偶然性，如果没有"饿死事极小，失节事极大"的理学教条，祥林嫂完全可以凭自己的劳动活下去，也可以重新建立自己的新家庭，但是理学完全斩断了她的生路。

清朝思想家戴震曾经在《孟子字义疏证》一书中指出，理学教条是一把杀人不见血的软刀子，"尊者以理责卑，长者以理责幼，贵者以理责贱"，皆可"以理杀人"，而死者连一点同情也得不到。祥林嫂正是一个被杀的典型。鲁迅的小说以彻底的现实主义揭示了社会问题的真相，同时也具有深刻的思想史意义。

具有思想史意义的情节包括细节,在鲁迅小说里屡见不鲜。《阿Q正传》里写赵秀才和假洋鬼子的两项革命行动,一是砸掉一块"皇帝万岁万万岁"的龙牌,一是顺手牵走观音娘娘座前的一个宣德炉。这就告诉读者那种革命是这么回事:一是在象征的意义上打倒某些曾经神圣过的东西,二是可以为自己弄到一些平时弄不到的好处。所以曾经神圣过的一面总是反对革命的,而手里现在仍有种种利益的也会不大赞成革命。

读一般的小说只能用以消遣,甚至连这样的资格也未必具备;而读经典名著如鲁迅的小说,却引发我们思考,以至于心事浩茫。

《示众》

鲁迅的《示众》(原载《语丝》第22期,1925年4月13日;后收入小说集《彷徨》)大约是他创作中知名度最低的一篇,全篇几乎没有什么故事情节,也没有个性鲜明的人物,只有一组群像:在一个酷热的盛夏,街头上一批各色人等聚在一起看热闹,主要是看巡警用绳子牵着一个被抓起来的穿着长衫的男人,后来又转而去看摔了一跤的人力车夫;围观者们在大太阳底下看得兴致勃勃,汗流浃背……

这一篇与其说是小说,不如称为速写(Sketch)。鲁迅后来说，小说创作的信条之一应当是"宁可将可作小说的材料缩成Sketch，决不将Sketch材料拉成小说"（《二心集·答北斗杂志社问——创作要怎样才会好？》）。这一方面他是有过经验教训的。

《示众》的创作路径乃是将思想化为形象。鲁迅对无聊的看客历来极其反感，此前在1922年撰写的《呐喊·自序》中就说过，他弃医学文的导火线就是在仙台医专留学时看了一段幻灯片，一个中国人被砍头示众，而围着看热闹的却有许多"赏鉴这示众的盛举"的中国人，鲁迅由此发生一大省悟——

从那一回以后，我便觉得医学并非一件要紧事，凡是愚弱的国民，即使体格如何健全，如何茁壮，也只能做毫无意义的示众的材料和看客，病死多少是不必以为不幸的。所以我们的第一要着，是在改变他们的精神……

于是他便转而提倡文艺运动了。示众与看客的毫无意义给予鲁迅极深的刺激，以至在多年之后还要专门写一篇《示众》来一吐其胸中的恶气。

鲁迅旧体诗与《集外集》及其拾遗

关于自己的旧体诗，鲁迅曾有这样的说法："我平常

并不做诗，只在有人要我写字时，胡诌几句塞责，并不存稿。"（1934年10月13日致杨霁云的信）

这是确实的。鲁迅一向不注意把诗稿单独地留存起来，更没有编辑旧体诗集的意思，就那么随作随写以应索字的友人，也有主动写以赠人的。其底稿偶尔有随手记在日记里的，但远不完全，与赠人之手迹的文字有时略有不同——盖写诗必有所推敲改订也。特地拿出去发表的则如凤毛麟角，大约只有听说丁玲遇害时写的《悼丁君》（《《涛声》周刊第2卷第38期，1933年9月30日）等少数两三首，另外有几首是写进文章里随文发表的，典型的如"惯于长夜过春时"的那首七律，是写在《为了忘却的记念》一文中的。

随手记在日记里的诗，如自题其小说集的两首，《鲁迅日记》1933年3月2日载：

山县氏索小说并题诗，于夜写二册赠之。《呐喊》云："弄文罹文网，抗世违世情。积毁可销骨，空留纸上声。"《彷徨》云："寂寞新文苑，平安旧战场。两间余一卒，荷戟尚彷徨。"

这两首诗，后来分别被称为《题〈呐喊〉》、《题〈彷徨〉》。后者比较早地被收入了《集外集》（上海群众图书公司1935年5月版），前者要到晚些时候才编入《集外集拾遗》(许广平编定，列入1938年本《鲁迅全集》)。

造成这种奇怪情形的原因即在于鲁迅不大重视自己的旧体诗。1934年顷杨霁云（1910—1996）编《集外集》时，到处搜集鲁迅的集外文章和旧体诗，又请鲁迅回忆自己的旧作，前者他从上海《文艺新闻》周刊第22号（1931年8月10日）之《鲁迅氏之悲愤——以旧诗寄怀》的短讯中看到三首：

《送S.M.君》（或题为《湘灵歌》）
《送M.K.女士》（或题为《无题》"大野多钩棘"）
《E.O.君携兰归国》（后由鲁迅本人更正为《送O.E.君携兰归国》）

他又从《人间世》半月刊第8期（1934年7月20日）所载高疆《今人诗话》一文中看到六首：

《湘灵歌》（即《送S.M.君》）
《阻郁达夫移家杭州》
《无题（"大野多钩棘"）》（即《送M.K.女士》）
《赠日本歌人》
《题〈彷徨〉》
《悼丁君》

又《小说》半月刊（1934年8月1日）曾发表鲁迅手书的一首七绝——

《赠人》（"明眸越女"）

三者相加去其重复，共得八首。而鲁迅自己回忆起来抄寄给杨霁云以便编入《集外集》的凡六首，它们是——

《无题》（"洞庭木落"）
《赠人》（"秦女端容"，原在"明眸越女"一首之后）
《二十三年元旦》
《自嘲》——以上见于1934年12月9日的信
《哭范爱农》（"把酒论天下"）——以上见于1934年12月13日的信
《题三义塔》——以上见于1934年12月29日的信

这样统加在一起，是十三题十四首。这时鲁迅竟然没有把那首与《题〈彷徨〉》一道写成的《题〈呐喊〉》补充进来。鲁迅不大重视自己的旧体诗；当时他身体不佳，对《集外集》的审稿也不算很周到。

《集外集》所收旧体诗只有这十三题十四首；未入集的尚多，后来大抵编进了《集外集拾遗》；仍有遗漏，更往后编进了《集外集拾遗补编》（人民文学出版社编，列入1981年和2005年本《鲁迅全集》）。

鲁迅自题其小说集旧作的这两首诗多少带些应酬的性质，其中不无表示谦虚的客套，例如自称"空留纸上声"就是的。收入《集外集》时，"荷戟尚彷徨"一句改作"荷戟独彷徨"，显得更有孤独之感。

这里最值得注意的是"弄文罹文网，抗世违世情"这两句。凡有自己独立见解，希望推动社会进步的作家，大抵都会有这样的遭遇和命运。鲁迅早年大力表彰的"摩罗诗人"，即为"立意在反抗，指归在动作，而为世所不甚愉悦者"（《坟·摩罗诗力说》）。1927年12月他在上海暨南大学发表讲演，其中有两段话说：

政治想维系现状使它统一，文艺催促社会进化使它渐渐分离，文艺虽使社会分裂，但是这样社会才进步起来。文艺既然是政治家的眼中钉，那就不免被挤出去。

……文艺家的话其实还是社会的话，他不过感觉灵敏，早感到早说出来（有时，他说得太早，连社会也反对他，也排轧他）。（《集外集·文艺与政治的歧途》）

这样就容易弄到积毁销骨的局面了。鲁迅先曾被北洋军阀政府列入黑名单，后又被国民党政府列入黑名单，多次离家避难。文艺界内部反对他的人也不少。鲁迅一向也很注意保护自己，否则虽志在"弄文"，也将弄不成了。

"两间余一卒"的"两间"可以有不同的理解，一指"新文苑"与"旧战场"之间，一指天地之间，这两层意思似可叠加起来一道消化。鲁迅在"旧战场"即五四新文学运动时期的北京（现在那里已显得"平安"了）和"新文苑"即当下左翼文学运动的中心上海，都是非常活跃的领军人物，他与时俱进，一直"荷戟"战斗，并未因功成名就而停顿，也不因环境"寂寞"而气馁；但由于他思想一向超前，感觉特别灵敏，有些话说得太早，不免不大能为人们理解，有时竟弄得腹背受敌。背景转换了，鲁迅仍然在作并无明朗前景的绝战。他的深刻和伟大正在于此。

杨霁云搜集整理编辑而成的《集外集》书稿在送审时被删去《编者引言》和正文九篇：《来信（致孙伏园）》《启事》《老调子已经唱完》《上海所感》《今春的两种感想》《帮忙文学与帮闲文学》《〈不走正路的安得伦〉小引》《〈英译本短篇小说〉自序》《译本高尔基〈一月九日〉小引》。鲁迅对国民政府审查官的大砍大杀非常愤慨，1935年2月4日致信杨霁云说："文字请此辈去检查，本是犯不上的事情，但书店为营业起见，也不能深责，只好一面听其检查，不如意，则自行重印耳。"他又在写给曹聚仁的信（1935年1月19日）中说："《集外集》之被捣乱，原是意中事。那十篇原非妙文，可有可无，但一经被删，却大有偏要发表之意了。我当于今年印出来给他们看。"后来许广平编《集外集拾遗》时，把《来信（致孙伏园）》等九篇鲁迅的集外文章都补到这里来。

鲁迅敢将自己早年的文章重新公之于世是难得的，常见的情形是不少作家讳言旧作，或者大为后悔，说要把它们一把火烧掉。

《集外集》编成之后，鲁迅想到自己还有些旧文未尝编入文集，于是打算再编一本《集外集外集》，后定名为《集外集拾遗》，见于他手定的著作目录；此本未及编完，他就病了；后来到1938年出版20卷本《鲁迅全集》之时，才由许广平编定收入。

许广平在《集外集拾遗》的《编后说明》中写道：当年鲁迅"因为《集外集》所载的尚觉有未备之处，似乎还可以补足一下"，"所以特地托老友宋紫佩先生，把平寓所存的《晨报副刊》《京报副刊》《莽原周刊》等寄来，之后，费了不少心血，自己亲自抄录，随时给写下'补记'，如《编完写起》等是。有在本文之后添列别人文件作备考的，如《咬嚼之余》《咬嚼未始乏味》《田园思想》等是……很不幸的，先生编辑未完而病作了"。

许编本《集外集拾遗》包括小说、杂文五十二篇、1903年至1935年间旧体诗二十三题，附录1926年至1936年间广告六则。这个本子也编入了各版《鲁迅全集》，内容和顺序略有调整，显得更加合理、规范。

鲁迅的旧体诗在《集外集》和《集外集拾遗》之外尚

有遗珠，后来编入了《集外集拾遗补编》，这里有1930年题赠冯蕙熹的四言诗、1934年题《芥子园画集三集》赠许广平的诗以及早年的一些篇什。

《悼丁君》

丁玲是三十年代非常活跃的女作家，又曾担任左联刊物《北斗》的主编，同鲁迅颇有交往。1933年5月14日在家中被国民党特务绑架，稍后社会上盛传她已经牺牲，至少也是凶多吉少。鲁迅因此作《悼丁君》七绝一首，6月28日曾写在书赠周陶轩的条幅上，只是没有题目。此诗稍后正式发表于《涛声》周刊第2卷第38期（1933年9月30日），鲁迅的旧体诗主动拿出去发表的甚少，《悼丁君》算是一首。这时鲁迅已经知道丁玲还活着，但他却出人意外地采用了《悼丁君》这样的标题。《人间世》半月刊第8期（1934年7月20日）所载高疆《今人诗话》一文中再次录入此诗，后收入《集外集》。诗云：

如磐夜气压重楼，剪柳春风导九秋。
瑶瑟凝尘清怨绝，可怜无女耀高丘。

赠陶轩的条幅上，"夜气"作"遥夜"，"瑶瑟"作"湘瑟"，这两处后来鲁迅略有修改，遂为定本。

"哀高丘之无女"是《离骚》中的名句，这里即以"可怜无女耀高丘"来指代丁玲，沉痛之至，也寄寓了很高的评价。第三句用湘灵鼓瑟的典故，同样出于楚辞（详见《远游》），而丁玲正是湖南（临澧）人。鲁迅在1933年9月公开发表其《悼丁君》，当是相信或希望她会宁死不屈。

鲁迅1934年5月1日致娄如瑛信中说："丁玲被捕，生死尚未可知，为社会计，牺牲生命当然并非终结目的，凡牺牲者，皆系为人所杀，或万一幸存，于社会或有恶影响，故宁愿弃其生命耳。"后来才确切地知道丁玲还活着，1934年9月4日，鲁迅在致王志之的信中说："丁君确健在，但此后大约未必再有文章，或再有先前那样的文章，因为这是健在的代价。"1934年11月12日鲁迅在致萧军的信中说："蓬子转向，丁玲还活着，政府在养她。"

更往后，鲁迅知道了更多的情况，在1936年10月曾对人说，在被捕的文人中"只有丁玲的态度还算不错，她始终不屈地保持着沉默"（吴山《铁篷车中追悼鲁迅记》，《联合文艺》第1卷第2期1937年2月）。

丁玲还活着，而《悼丁君》一诗则至今活在人们的心里。

鲁迅批评什么样的孝道

讲究孝道原是中国古代伦理原则的基石，原始儒家的圣贤论之甚详，是很合于人情物理的；但好好的经也很容易被歪嘴和尚给念歪，例如后来的庸俗派儒家特别强调子女对父母的绝对服从，有所谓"天下无不是的父母""君要臣死，臣不得不死；父要子亡，子不得不亡"，这时臣不死就是不忠，子不亡就是不孝——这就严重地歪曲了原典。《孝经·谏争章》记载孔子与门徒的对话，有一段是曾子问："子从父之命，可谓孝乎？"孔子不赞成，说正如朝廷上应有"争臣"，家庭里也应有"争子"，"故当不谊（义），则子不可以不争于父，臣不可以不争于君"。正义高于孝道，如果父亲不义，则做儿子的应当去争（通"诤"），提出正确的意见，不能看着他陷于不义。荀卿说得好，这时讲"从道不从君，从义不从父"（《荀子·子道》），就是必须的了。

在一般的正常的情况下，在不涉及原则问题的时候，下一代自当服从父母，尊重长辈，这时要讲究"听话"。原始儒家强调子女对父母出于本心的敬爱，感恩，回报。其实这乃是很自然很正常的为人之道，往往不教就会的。当然这方面多做些正面教育也是好的，必要的。

可是到了庸俗派儒家这里，真理往往蜕化为歪理。后来出现的插图本《二十四孝》，宣扬了若干不近人情的伦理道德，一个突出的典型是《郭巨埋儿》，故事说郭巨家贫，他准备把年幼的儿子活埋了，从而减少负担，以供养老母。结果他的孝心感动了神灵，挖坑时挖出了一罐黄金。这个故事十分残忍，又完全不合情理，而郭巨这个杀子未遂的罪人在此书中却被树为道德标兵。

鲁迅在《朝花夕拾·〈二十四孝图〉》一文中狠狠批评这个荒谬的故事，他说小时候看了郭巨埋儿这个故事以后，"总怕听到父母愁穷，怕看见我的白发的祖母，总觉得她是和我不两立，至少，也是一个和我的生命有些妨碍的人"。包括《孝经》在内的好好的原始儒家经典，就这样被歪嘴的庸俗派儒家给念得杀气腾腾、毫无道理了。绝对不能再拿这些腐朽的东西来教育儿童。

情节不像郭巨埋儿这样荒谬绝伦，而同样"以不情为伦纪"的劝孝故事，在《二十四孝》里还有若干，如"哭竹生笋""卧冰求鲤""老莱娱亲"等等，鲁迅也都有微妙而深刻的讽刺批评。鲁迅说："我幼小时候实未尝蓄意忤逆，对于父母，倒是极愿意孝顺的。不过年幼无知，只用了私见来解释'孝顺'的做法，以为无非是'听话'，'从命'，以及长大之后，给年老的父母好好吃饭罢了。"而读了《二十四孝》之后，才知道不然，孝是非常困难、有些更简直是根本做不到的，有些标兵是根本没有办法学习的。

五四时代的激进派精英所批评痛斥的传统教条，如寡妇守节、包办婚姻等等，也正是《郭巨埋儿》一类的糟粕。五四时代的批孔，在很大的程度上批的是被袁世凯和军阀们利用的孔子，是所谓"厌恶和尚，恨及袈裟"（鲁迅《且介亭杂文二集·在现代中国的孔夫子》），批的是庸俗儒学宣扬的糟粕——而据说现在的所谓"女德班"，却在正面宣讲这一类糟粕。

在实际生活中，鲁迅是一个很彻底的孝子，他的孝敬老母，为老人家的安乐考虑得无微不至，是人们所熟知的。一百年过去了，激进派精英的鲁迅，仍然是我们的榜样。

鲁迅与《苦闷的象征》

一个兼事创作和翻译的人，在他所从事的这两项活动之间，往往有一种值得考察的互动关系。他选什么材料来翻译，对原著怎么看待，他的翻译活动对他的写作起了些什么作用，凡此种种，考察起来都是很有意思的。

鲁迅早年翻译过日本文艺理论家厨川白村（1880—1923）的《苦闷的象征》一书，从中吸收了不少营养。厨川将全部文艺都看作"苦闷的象征"，未免言大而夸；如果缩而小之，则他对象征主义、象征手法的论述，还是很精辟的。用象征手法来写某些文学作品，例如散文小品，也比较切实可行。厨川在《苦闷的象征·创作论》中写道：

或一抽象底的思想和观念，决不成为艺术。艺术的最大要件，是在具象性。即或一思想的内容，经了具象底的人物，事件，风景之类的活的东西而被表现的时候，换了话说，就是和梦的潜在内容改装打扮了而出现时，走着同一径路的东西，才是艺术。而赋予这具象性者，就称为象征（symbol）。（《鲁迅译文全集》第二卷，福建教育出版社2008年版，第240页）

象征的外形稍为复杂的东西，便是讽喻（allegory）寓言（fable）比喻（parable）之类，这些都是将真理或教训，照样极浅显地嵌在动物谭、或人物故事上而表现的。但是，如果那外形成为更加复杂的事象，而具备了很强的情绪底效果，带着刺激底性质的时候，那便成为很出色的文艺上的作品。（同上，第241页）

如果扬弃这里的精神分析的套话，而将它作为狭义的象征主义、象征手法的描述，那是很生动也很深刻的。象征是一种深刻的联想，它借助于某些形象和情节来巧妙地表达似乎与它毫不相干的思想和感情，而这些形象和情节本身又是可以独立存在并且有意义的。这种情况有点像中国传统的比兴，但更加丰富复杂，奇妙多姿。

鲁迅从厨川的分析中大约得到不少启发，一个明显的事实是，他从1924年9月起写散文诗《野草》的时候，就大量运用象征手法，特别是写了许多由梦境构成的象征，这恐怕不是偶然的。鲁迅先前也写过散文诗，例如 1919 年写的总题为《自言自语》的那一组，虽然也不无象征的意味，但总起来看显得比较浅露粗糙，远不及《野草》这样能把象征与写实结合得十分完美。

1925 年鲁迅还用象征与写实相结合的手法写出了小说《长明灯》，直到晚年鲁迅还用类似的手法写过随笔《阿金》。至于他在杂文中运用比喻、寓言、讽喻，例子就更多，举不胜举了。杂文之所以是一种文学样式，与这一点是密不可分的。

曾经有人问歌德，怎样才能产生戏剧效果，歌德回答说："那必须是象征性的。这就是说，每个情节必须本身就有意义，而且指向某种意义更大的情节。"（《歌德谈话录》，朱光潜译，人民文学出版社 1978 年版，第 99 页）从鲁迅的一部分杂文看，也正有类似的情形，例如《论雷峰塔的倒掉》《春末闲谈》《夏三虫》《长城》《论"费厄泼赖"应该缓行》等等，其中都有某种形象（例如细腰蜂、叭儿狗），某种情节（例如细腰蜂为幼虫准备保鲜食物、打落水狗），本身就有意义，而同时又指向意义更大的情节，表达了重大的思想。这种写法在鲁迅的第一本杂文集《热风》中虽然已经有了一点苗头，但比较少见，那里还是直接的议论多，形象性相对不足；其风格与《新青年》上的其他随感录很相近，所以周作人有几篇文章被编进此书，读者一般都看不出来；鲁迅的杂文艺术到 1925

年的《华盖集》和《坟》的后几篇明显地有所发展，开始形成自己的面目。这里的原因当然非止一端，这里要指出的是，这与鲁迅翻译了《苦闷的象征》并从中吸收营养应当是不无关系的。

鲁迅似乎也从《苦闷的象征》中吸收了一些未必是精华的东西。例如厨川说："也如预言者每不为故国所容一样，因为诗人大概是那个时代的先驱者，所以被迫害，被冷遇的例非常多。"（《苦闷的象征·关于文艺的根本问题的考察·为预言者的诗人》）而鲁迅说："预言者，即先觉，每为故国所不容，也每受时人的迫害。"（《华盖集续编·无花的蔷薇》）真所谓何其相似。在1924年底鲁迅作《野草·复仇（其二）》，其中写耶稣基督被以色列庸众所杀的故事，而类似的感慨，鲁迅在《摩罗诗力说》中早已发过，所以不一定从《苦闷的象征》而来；但是"预言者……"一段，与厨川如出一辙，应当是有关系的。鲁迅对庸众的反感甚至是痛恨便因此而加强了。鲁迅后来指出，这种思想是未必正确的，不过是一时的愤激之谈而已。

鲁迅历来主张多读外国书，多译外国书。他一再指出，应该放开度量，大胆地无畏地尽量吸收外国新文化，而"倘若各种顾忌，各种小心，各种唠叨，这么做即违了祖宗，那么做又像了夷狄，终生惴惴如在薄冰上，发抖尚且来不及，怎么会做出好东西来"（《坟·看镜有感》）。

他又说:"中国既然是世界上的一国,则受点别国的影响,即自然难免……单就文艺而言,我们实在还知道得太少,吸收得太少。"(《集外集·〈奔流〉编校后记·二》)到晚年,他更提出著名的"拿来主义",进一步大声疾呼地号召广泛吸收外国文化,为我所用。

原载《绍兴鲁迅研究 2019》,上海社会科学院出版社 2019 年 9 月版

《朝花夕拾》后续诸文

鲁迅的回忆散文集《朝花夕拾》写成于 1926 年 2 月至 11 月间，前一半写于北京，后一半写于厦门，陆续在《莽原》上发表，当时总题为"旧事重提"；到 1927 年夏天加以编辑整理，写定序跋，一年后由北京未名社出版印行。

《朝花夕拾》的正文凡十篇，"是从记忆中抄出来的"（《朝花夕拾·小引》），行文自然是以叙事为主，但鲁迅是喜欢发议论的，散文的写法本来就相当自由，1926 年又是鲁迅经历特别复杂、情绪多有波动的一年，于是这些回忆文往往议论风生，有时甚至占了较大的比重，直到他为该集写后记，仍然自称"乱发议论"——这样就形成了一种很别致的文体，与常见的那种以叙事为主、间有抒情的回忆散文颇为不同。

鲁迅这些不同凡响的回忆文，至今仍然极为读者爱重。

既有《朝花夕拾》这样成功的先例,鲁迅后来还继续写下去吗?

因为忙于更迫切的工作,特别是杂感的撰写,回忆文基本不再写了,更没有形成集子。值得注意却往往被忽略的是,后续的文章他也还是写过几篇的。这些文章散见于他后来的杂文集中,如果钩出排列,也足以成为一个旁逸斜出的小小的系列。

一

这里首先有一篇《我的种痘》,接种牛痘疫苗总是小时候的事情,一看这题目,就知道鲁迅回到"旧事重提"这个旧领域来了。

此文写于1933年6月底,其时国民党的文化围剿加剧,鲁迅发表杂感的一个重要阵地《自由谈》受到很大压力,声明今后只能多谈风月;这时生活书店及时推出一个由左翼主导而倾向不是很鲜明的大型文学刊物《文学》,请鲁迅赐稿,为了适应这个刊物的需要,他便轻车熟路地采用先前夕拾朝花似的笔墨,写下了这篇关于童年时代的回忆,稍后发表于该刊第一卷第二号(1933.8.1),未尝入集,直到很晚的时候才收入《集外集拾遗补编》。

接种牛痘现在是普通不过的事情,不容易记得,因为这总是很小的小时候的事情,所以一般来说很难成为文章的题目。但鲁迅的情形不同，他年辈甚高，那时的种痘还是古法与洋法同时并存，而大众更无人为之打疫苗，只能够求神拜佛、听天由命。鲁迅出生于大户人家，接种的是洋派的牛痘，但那过程显得很有中国传统的仪式感——

那时种牛痘的人固然少，但要种牛痘却也难，必须待到有一个时候，城里临时设立起施种牛痘局来，才有种痘的机会。我的牛痘，是请医生到家里来种的，大约是特别隆重的意思，时候可完全不知道了，推测起来，总该是春天罢。这一天，就举行了种痘的仪式，堂屋中央摆了一张方桌子，系上红桌帷，还点了香和蜡烛，我的父亲抱了我，坐在桌旁边，上首呢，还是侧面，现在一点也记不得了。这种仪式的出典，也至今查不出。

那时鲁迅的祖父在外当官，他又是家里的长孙，特别宝贝，种痘的仪式遂如此隆重。点起香和蜡烛来，近于侍奉神仙或祖宗，正是高度重视其事的表现。

这一段记载，带有浓厚的新旧交替时代的风俗画韵味。先前整本的《朝花夕拾》，也正因为其中多有十九世纪末、二十世纪初的种种风俗画，而为读者所喜闻乐见。书里到处是鲜活的历史场景啊。

传统的历史书里的历史，充满了国家大事、帝王将相、忠臣孝子、英雄豪杰，却往往看不到普通人的生活状态、民间的风俗习惯；这些只能求之于野史笔记、回忆散文。文学是人学，凡涉及民俗之文，总是可补史书之未备。

鲁迅前后种过四次牛痘，最后一次已经四十多岁了。现在因为科技的进步，种痘非常简单有效，更根本无须等到成年以后。鲁迅似的经历早已绝版，是值得玩味了解的。《我的种痘》继续写道：

现在的办法，譬如半岁或一岁种过痘，要稳当，是四五岁的时候必须再种一次的。但我是前世纪的人，没有办得这么周密，到第二、三次的种痘，已是二十多岁，在日本的东京了。第二次红了一红，第三次毫无影响。

最末的种痘，是十年前，在北京混混的时候。那时也在世界语专门学校里教几点钟书，总该是天花流行了罢。正值我在讲书的时间内，校医前来种痘了。我是一向煽动人们种痘的，而这学校的学生们，也真是令人吃惊。都已经二十岁左右了，问起来，既未出过天花，也没有种过牛痘的多得很。况且去年还有一个实例，是颇为漂亮的某女士缺课两个月之后，再到学校里来，竟变换了一副面目，肿而且麻，几乎不能认识了……

……我在讲堂上又竭力煽动了，然而困难得很，因为大家说种痘是痛的。再四磋商的结果，终于公推我首先种痘，作为青年的模范，于是我就成了群众所推戴的领袖，率领了青年军,浩浩荡荡,奔向校医室里来。

虽是春天,北京却还未暖和的,脱去衣服,点上四粒豆(痘)浆,又赶紧穿上衣服,也很费一点时光。但等我一面扣衣,一面转脸去看时,我的青年军已经溜得一个也没有了。

自然,牛痘在我身上,也还是一粒也没有出。

以鲁迅的年龄(四十多岁)和历史(曾经种过三次牛痘)而言,是完全不必再种牛痘的了,但为了回应学生的推戴起见,他仍然毅然垂范,这样超常的师德是很可观可敬的;可惜的是那些最应当接种牛痘并追随鲁迅去校医室的青年军,却临阵脱逃,全军覆没。人在北京,学的是世界语,年龄二十上下,却因为怕那么一点点痛而如此不讲科学——这也是很可观。

鲁迅后来说:

我一向是相信进化论的,总以为将来必胜于过去,青年必胜于老人,对于青年,我敬重之不暇,往往给我十刀,我只还他一箭。然而后来我明白我倒是错了。这并非唯物史观的理论或革命文艺的作品蛊惑我的,我在广东,就目睹了同是青年,而分成两大阵营,或则投书告密,或则助官捕人的事实!我的思路因此轰毁,后来便时常用了怀疑的眼光去看青年,不再无条件的敬畏了。(《三闲集·序言》)

鲁迅进化论思路固然是在重大历史转折之际因残酷的阶级斗争的教训而被轰毁的,而此前的一些所见所闻所感,也早已在动摇他早年形成的思路。这一次种痘事件中青年军的溃散,也未尝不是其中的一个令人感慨系之的故事。

所以早在鲁迅去广东之前,就是他还在北京的时候,就已经有不少"用了怀疑的眼光去看青年"的言论,例如他在散文诗《希望》中就有过这样的疑问:"现在何以如此寂寞?难道连身外的青春也都逝去,而世上的青年也都衰老了么?"

难道推戴自己的青年军也都衰老了么?

二

到鲁迅垂老之年,他又连续写了两篇回忆文,这就是《我的第一个师父》和《女吊》,后来都由许广平编入《且介亭杂文末编》。

鲁迅的第一个师父是绍兴长庆寺的住持龙师傅,周家为长孙鲁迅的健康成长起见,很早就把他舍在这庙里,因为那时有一种现在看去很奇怪的理论,就是要让小孩子显得比较卑贱,这才不会有什么意外和危险——

中国有许多妖魔鬼怪,专喜欢杀害有出息的人,尤其是孩子;要下贱,他们才放手,安心。和尚这一种人,从和尚的立场看来，会成佛——但也不一定，——固然高超得很，而从读书人的立场一看，他们无家无室，不会做官，却是下贱之流。读书人意中的鬼怪，那意见当然和读书人相同，所以也就不来搅扰了。这和孩子名为阿猫阿狗，完全是一样的意思：容易养大。

以下贱为安全，这里很有点道家的意思：居高则危，高处不胜寒，还不如在下面暖和。

一般的和尚无家无室，而龙师傅却是有老婆的，公开住在一起，生过四个儿子。文章中重点说到自己的三师兄，此人也是和尚，后来也有老婆，他的逻辑是："和尚没有老婆，小菩萨那里来!?"这话倒也无从反驳。

鲁迅回忆往事，记叙经历，总是如此有料有趣。这里面也许会有些虚构的成分。鲁迅小时候是"不到一岁，便领到长庆寺里去，拜了一个和尚为师了"，后来的来往大约不会太多，文章中某些地方，估计是未必能一一落实的。回忆散文有一点虚拟的成分是不足为奇的。

在《朝花夕拾》的后续诸文中，《女吊》一篇最为出名，它同《朝花夕拾》的前后联系也最为分明，鲁迅明确地写道：

我以为绍兴有两种特色的鬼，一种是表现对于死的无可奈何，而且随随便便的"无常"，我已经在《朝花夕拾》里得了绍介给全国读者的光荣了，这回就轮到别一种。

《女吊》一文详细写到绍兴目连戏中这种复仇的女鬼，到最后更以高八度的笔墨强调地写道：

被压迫者即使没有报复的毒心，也决无被报复的恐惧，只有明明暗暗，吸血吃肉的凶手或其帮闲们，这才赠人以"犯而勿较"或"勿念旧恶"的格言，——我到今年，也愈加看透了这些人面东西的秘密。

此文写作的着力点大约也就在这几句话。从某种意义上来说，前文详述的种种，都是为这几句作出的铺垫。鲁迅晚年已经是国际国内形势巨变的前夜，他高瞻远瞩，预计在今后结成某种统一战线的时候，仍然有必要保持自己的独立性。旧账无从一笔勾销。所以他提出"民族革命战争的大众文学"，不赞成"国防文学"。作此文之前的半个月，他在《死》一文中提出七条遗嘱，前五条为一组，属于家事，后两条则升华到更广大的领域，说是——

六，别人应许给你的事物，不可当真。
七，损着别人的牙眼，却反对报复，主张宽容的人，万勿同他接近。

就思想而言，《女吊》一文是接着这第七条遗嘱往下写的，而从行文的路径来说，却又正是遥接《朝花夕拾》中的《无常》那一篇。鲁迅的文章虽然文体多样而以杂感为最多，却仍然是一个有机的系统。

因为大的格局是回忆散文，《女吊》中自应有关于个人的经历的回忆，从这里我们得以知道，他固然是乖巧的孩子和勤奋的学生，却也有些顽皮，会背着家长有些独立的行动。在当地社戏戏文开始前的"起殇"中，有一个召集鬼魂前来看戏的序幕，这时的演出者除了一个领头的是正式的演员以外，大抵是临时客串的孩子，少年鲁迅也曾以这种群众演员的身份粉墨登场——

在薄暮中，十几匹马，站在台下了；戏子扮好一个鬼王，蓝面鳞纹，手执钢叉，还得有十几名鬼卒，则普通的孩子都可以应募。我在十余岁时候，就曾经充当过这样的义勇鬼，爬上台去，说明志愿，他们就在脸上涂上几笔彩色，交付一柄钢叉。待到有十多人了，即一拥上马，疾驰到野外的许多无主孤坟之处，环绕三匝，下马大叫，将钢叉用力的连刺在坟墓上，然后拔叉驰回，上了前台，一同大叫一声，将钢叉一掷，钉在台板上。我们的责任，这就算完结，洗脸下台，可以回家了，但倘被父母所知，往往不免挨一顿竹篠（这是绍兴打孩子最普通的东西），一以罚其带着鬼气，二以贺其没有跌死，但我却幸而从来没有被觉察，也许是因为得了恶鬼保佑的缘故罢。

原来鲁迅还曾经充当过这种自愿者义勇鬼。小时候的顽皮同后来成为伟大人物是不矛盾的，或者干脆这样说吧：唯有小时候顽皮的孩子，长大了才有可能成为伟大的人物——完全循规蹈矩的公子哥儿是没有多大出息的。

故乡和童年，永远是回忆散文取之不尽的源泉。现在的许多孩子，好像就只剩下做作业这一件可歌可泣的事了，他们将来想写几篇回忆散文的时候怎么办呢。

三

鲁迅后来撰写的这些回忆散文中颇多岔出去的叙述和议论，读来颇多趣味。单一的叙事弄不好就成为流水账，容易令读者疲劳的。

《我的第一个师父》一文写道，当年和尚给治丧的阔人家里做法事，逢七念经以超度亡灵，其中有一个七日须举行"解结"的仪式——

因为死人在未死之前，总不免开罪于人，存着冤结，所以死后要替他解散。方法是在这天拜完经忏的傍晚，灵前陈列着几盘东西，是食物和花，而其中有一盘，是用麻线或白头绳，穿上十来文钱，两头相合而打成蝴蝶式、八结式之类的复杂的，颇不容易解开的结子。一群和尚便环坐桌边，且唱且解，解开之后，钱归和尚，而死人的一切冤结也从此完全消失了。

这样的民俗大有意味。冤家宜解不宜结，如果不能解结于生前，也必须补救于死后，这是很有道理很有人情味的。

这种请和尚们来解的"结"往往出于治丧之家的小姐或少奶奶们的制作，其中颇有加工精细、很难解开的；小和尚们且唱且解，一时未能完成，就暗暗地藏到僧袍的大衣袖里去。做法事原来也可以有这等小动作。

鲁迅说："这种宝结带回寺里，便保存起来，也时时鉴赏，恰如我们的或亦不免偏爱看看女作家的作品一样。"这里最后的比拟真所谓神来之笔，也可以说是见道之言。

小姐或少奶奶们在治丧的悲痛之余，却精心创作出种种难解之结来为难小和尚们，除了因难见巧、露才扬己的意思之外，还有些什么深层心理，也颇可玩味。

《我的种痘》也很有趣。这里的行文有两条线索，一条当然是几番的种痘，另一条则是由种痘引出来的玩具。鲁迅说，自己第一次种痘时表现很好，没有哭，于是父亲送他两件玩具：一只鼗鼓，一个万花筒。后者花样百出，层出不穷，最是好玩，后来就背着大人拆下来研究其中的奥妙，可惜弄不清楚，而要想复原，又根本做不到了。

后来到自己的儿子种痘，也买了一个万花筒来送他，还是某大公司制造的，而水平很不行，远不及自己小时候玩的那一个，"不但望进去总是昏昏沉沉，连花朵也毫不鲜明，而且总不见一个好模样"。

就这么一个万花筒的变迁，鲁迅发了一大通议论。他说，小时候的东西好吃好玩，老了以后总觉得不是那么回事，其原因可能有两条，一是自己的感觉迟钝了，二是确有一些东西比过去退步，尽管总的来说世界是在进步，不断地进步。

这两条真所谓放之四海而皆准。人生最快乐的是童年，而最平静的则是老年。

写散文尤其是回忆散文，总得有些余裕才好。死死地抱着中心来写，不敢越雷池一步，用于写认罪书或检讨大约是对路的，写散文，就未免显得精神太紧张，简直是有点恐怖了。

原载《文艺报》2019年5月15日第7版《新作品》

重读鲁迅《野草·雪》

外面雨雪霏霏，取出鲁迅的散文诗集《野草》来，重读其中的名篇《雪》。

鲁迅的《雪》写于1925年1月18日，发表于1月26日出版的《语丝》周刊第11期。此时正是北京经常下雪的时节。

本篇写了三种降水："暖国的雨""江南的雪"和"朔方的雪"，重点是南北两种不同的雪，"暖国的雨"只在开头提到一下，无非是文章的一个引子。

文章第一段描写"江南的雪"，淋漓尽致，非常优美。鲁迅是浙江人，对于故乡的雪景自有深沉的爱。第二、三两个自然段不再直接描写这种雪本身，而去写孩子们塑雪人的情形，显得一派童心。透过"江南的雪"，鲁迅看到了"青春的消息"，虽然还是"隐约"的。

第四、五两段转而写"朔方的雪"；第六段继续写

"朔方的雪",壮美之至;同时又与第一段提到过一下的雨相绾合。

江南的雪"滋润美艳","是还在隐约着的青春的消息";而朔方的雪则是干的,"如粉,如沙","决不粘连",大风一吹,则"蓬勃地奋飞","如包藏火焰的大雾,旋转而且升腾,弥漫太空,使太空旋转而且升腾地闪烁"。南北不同的雪体现了两种不同的美,走南闯北的鲁迅全都能够加以欣赏。

在鲁迅的小说《在酒楼上》(后收入《彷徨》)里面也有一段关于这两种雪的描写:

……但现在从惯于北方的眼睛看来,却很值得惊异了:几株老梅竟斗雪开着满树的繁花,仿佛毫不以深冬为意;倒塌的亭子边还有一株山茶树,从暗绿的密叶里显出十几朵红花来,赫赫的在雪中明得如火,愤怒而且傲慢,如蔑视游人的甘心于远行。我这时又忽然想到这里积雪的滋润,著物不去,晶莹有光,不比朔雪的粉一般干,大风一吹,便飞得满空如烟雾。

这一段很可以拿来同《雪》里关于江南与朔方两种雪的描写互相对照。比较起来,在《雪》这一篇中作者对朔方的雪似乎更有感情,这大约与鲁迅总是更欣赏壮美的审美取向有关。他后来在一篇杂文中写道,他欣赏狮虎鹰隼一类猛兽猛禽，因为"它们在天空，岩角，大漠，丛莽里是伟美的壮观，捕来放在动物园里，打死制成标本，也令人看了神旺，消去鄙吝的心"(《且介亭杂文末编·半夏小集》)。

"五四"新文化运动的统一战线分化以后，鲁迅当时在北京大有孤军奋战之感，用他自己的话来说，就是成了布不成阵的"游勇"(《南腔北调集·〈自选集〉自序》)，但他不惮于单身鏖战。他将"朔方的雪"写成是"凛冽天宇下"的"孤独的雪"，尽管孤独，仍然"奋飞"，有着无限蓬勃的生气，内心燃烧着复仇的火焰。这里是不是寄予着他孤军奋斗以反抗黑暗现实的战斗豪情呢？

鲁迅在文章的结尾处写道："是的，那是孤独的雪，是死掉的雨，是雨的精魂。"朔方的雪永远如粉，如沙，当然是孤独的，这恰如鲁迅在北京的孤军奋战，称之为"雨的精魂"，正可以照应开头的"暖国的雨，向来没有变过冰冷的坚硬的灿烂的雪花。博识的人们觉得他单调，他自己也以为不幸否耶？"不变成孤独的雪也许是幸福的，但孤独的雪也自有其乐趣。

鲁迅将北方的雪和南方的雨联系起来写，不禁令人联想起他同当时南方革命策源地的联系。1924年11月，鲁迅亲笔写信给在广州的中共中央委员、国民党中央执行委员会常委、国民政府组织部长谭平山，介绍自己的学生李秉中进入黄埔军校(详见唐天然《对用"火与剑"进行改革者的支持——刘弄潮谈鲁迅和早期黄埔军校》,《鲁迅研究文丛》第 2 辑,湖南人民出版社 1980 年版);李秉中到达广州后写来不少书信,报告那边的情形,这些信有八封见于《鲁迅、许广平所藏书信选》一书(北京鲁迅博物馆编,湖南文艺出版社 1987 年版),读来大有兴味。1925 年 3 月 31 日鲁迅在致许广平的信中说:"我有几个学生在军中……一个就在攻惠州,虽闻已胜,而终于没有信来,使我常常痛苦。""攻惠州"指 1925 年 2 月讨伐陈炯明的东江之役,李秉中参加了这次战役,稍后曾有信来报告有关情况(详见李秉中 4 月 9 日致鲁迅的信,《鲁迅、许广平所藏书信选》第 55—56 页)。到 1926 年夏天,鲁迅终于也走出北京,到南方去了。

鲁迅在北京的时候,同中国共产党北方的组织也有某些秘密的联系。刘弄潮曾经受李大钊之托去看望鲁迅(详见刘弄潮《甘为孺子牛 敢对千夫指》,《鲁迅诞辰百年纪念集》,湖南人民出版社 1981 年版,第 122 页),后来肖华清也曾代表组织与鲁迅联系过;鲁迅又保存了若干份中共北方区委的机关刊物《政治生活》。鲁迅同中国共产党保持着比较多的联系,应当是他在文化界坚持斗争的力量来源之一。

一方面追求光明,向往未来,一方面坚持在黑暗中的斗争,本是《野草》的基调,在《雪》这一篇里,同样可以听到这样的主旋律。

通观整本《野草》，有两个明显的特色，一是其内容，如日本学者增田涉所说："虽说是散文诗，却不是抒情的，多数寄托着激烈的愤怒（具有政治的意味）。"（《鲁迅的印象》钟敬文译，湖南人民出版社1980年版，第8页）二是多用象征的手法，比兴寄托，意在言外。唯其如此，研读《野草》必须联系相关材料，探究其象下之意，而不能只看它表面的意象。鲁迅本人在《野草》英文译本的序言中曾简要地讲过几篇的象下之意，给予读者极大的启发。我们大可由此得到启示，把这种言内言外的微妙联系放射到其他诸篇里去，从而加深对作品的理解。

文学作品通过形象来反映生活、表达感情，所以很容易产生多义性。例如《红楼梦》的命意，即正如鲁迅所说："就因读者的眼光而有种种：经学家看见《易》，道学家看见淫，才子看见缠绵，革命家看见排满，流言家看见宫闱秘事……"（《集外集拾遗补编·〈绛洞花主〉小引》）鲁迅本人的小说也曾引起不同的分析，最突出的是关于阿Q这个形象到底如何分析，就出现过许多不同的意见。运用比兴象征手法写成的散文诗则往往具有更为广阔的阐释空间，读者可以由阅读文本而产生各种联想，这种联想与作者创作时的浮想联翩可能不尽一致。欣赏是一种再创造，原作只是再创造的地基，在这个平台上读者有相当的自由；作者未必然、读者何必不然的情形经常发生。但我们总不能离开这个地基，一味天马行空地发抒己见，而应当从作品提供的形象出发，通过敏捷而适当的联想去把握原作。

我们读这一类散文诗时往往心事浩茫，浮想联翩，也完全可以把自己的体会和联想添加进去，但同时仍须脚踏实地努力寻求原作的象下之意。

《雪》的写作路径也大抵属于"比兴"，从鲁迅这一篇散文诗中我们总是强烈地感受到他对美好理想的追求，同时也可以看到他敢于单身鏖战、反抗冷酷现实的斗争精神。

原载《辽宁日报》2019年2月18日第07版《阅读》

附原文——

雪

暖国的雨，向来没有变过冰冷的坚硬的灿烂的雪花。博识的人们觉得他单调，他自己也以为不幸否耶？江南的雪，可是滋润美艳之至了；那是还在隐约着的青春的消息，是极壮健的处子的皮肤。雪野中有血红的宝珠山茶，白中隐青的单瓣梅花，深黄的磬口的蜡梅花；雪下面还有冷绿的杂草。胡蝶确乎没有；蜜蜂是否来采山茶花和梅花的蜜，我可记不真切了。但我的眼前仿佛看见冬花开在雪野中，有许多蜜蜂们忙碌地飞着，也听得他们嗡嗡地闹着。

孩子们呵着冻得通红,像紫芽姜一般的小手,七八个一齐来塑雪罗汉。因为不成功,谁的父亲也来帮忙了。罗汉就塑得比孩子们高得多,虽然不过是上小下大的一堆,终于分不清是壶卢还是罗汉;然而很洁白,很明艳,以自身的滋润相粘结,整个地闪闪地生光。孩子们用龙眼核给他做眼珠,又从谁的母亲的脂粉奁中偷得胭脂来涂在嘴唇上。这回确是一个大阿罗汉了。他也就目光灼灼地嘴唇通红地坐在雪地里。

第二天还有几个孩子来访问他;对了他拍手,点头,嬉笑。但他终于独自坐着了。晴天又来消释他的皮肤,寒夜又使他结一层冰,化作不透明的水晶模样;连续的晴天又使他成为不知道算什么,而嘴上的胭脂也褪尽了。

但是,朔方的雪花在纷飞之后,却永远如粉,如沙,他们决不粘连,撒在屋上,地上,枯草上,就是这样。屋上的雪是早已就有消化了的,因为屋里居人的火的温热。别的,在晴天之下,旋风忽来,便蓬勃地奋飞,在日光中灿灿地生光,如包藏火焰的大雾,旋转而且升腾,弥漫太空,使太空旋转而且升腾地闪烁。

在无边的旷野上,在凛冽的天宇下,闪闪地旋转升腾着的是雨的精魂……

是的,那是孤独的雪,是死掉的雨,是雨的精魂。

一九二五年一月十八日

鲁迅写给日本友人的几首旧体诗

《无题二首》

大江日夜向东流,聚义群雄又远游。
六代绮罗成旧梦,石头城上月如钩。

雨花台边埋断戟,莫愁湖里余微波。
所思美人不可见,归忆江天发浩歌。

据《鲁迅日记》载,上面这两首诗是1931年6月14日分别写给日本友人宫琦龙介与其夫人白莲(原名柳原烨子)女士的。龙介的父亲宫琦弥藏、叔叔宫琦寅藏都是孙中山先生的挚友,很早就支持中国旧民主主义革命、产生过很大的影响;宫琦寅藏用"白浪庵滔天"笔名发表的《三十三年落花梦》尤为记载中国革命史的重要文献。

顾农著《诗人鲁迅：鲁迅诗全考》，人民文学出版社 2020 年版

1931年宫琦龙介夫妇应中国当局之邀访问南京，后到上海，希望见到鲁迅，得到同意；鲁迅早年留学日本时曾拜访过宫琦寅藏，与他们家族早已有过交集的。

但这时的国民党同当年的同盟会已经很不相同了，政权到手，腐败滋生，派系林立，乌烟瘴气。鲁迅在书赠宫琦龙介的诗中把南京当局诸公称为"聚义群雄"，意指他们现在都是些山大王了，其中更多有分分合合、明争暗斗；南京要恢复其历史上曾经有过的光辉（"六代绮罗"）已不可能了。

雨花台在南京城南，原来是一处名胜，而此时却成为国民党当局集中杀害革命者的地方。鲁迅诗中的"美人"即指牺牲于此的殉难者——再也看不到他们了，只有长歌当哭。

这两首诗爱憎分明，而多用比兴，措辞含蓄，而到他写新诗的时候，就相当明白晓畅了，例如他有一首《好东西歌》唱道：

南边整天开大会，北边忽地起风烟。
北人逃难北人嚷，请愿打电闹连天。
还有你骂我来我骂你，说得自己蜜样甜。
文的笑道岳飞假，武的却云秦桧奸。
相骂声中失土地，相骂声中捐铜钱。
失了土地捐过钱，喊声骂声也寂然。

文的牙齿痛,武的上温泉。
后来知道谁也不是岳飞或秦桧,
声明误解释前嫌,
大家都是好东西,终于聚首一堂来吸雪茄烟。

讽刺国民党"聚义群雄"的内讧和勾结,令人想起眼前党国要人的表演,写法与他的旧体诗完全不同。(参见顾农《鲁迅的十首新诗》,《新文学史料》2016年第3期)比较起来,似乎还是他的旧体诗诗味更多。

《送增田涉君归国》

日本汉学家增田涉(1903—1977)毕业于东京帝国大学文学部中国文学科,1931年3月通过日本作家佐藤春夫及内山完造的介绍,在上海拜访鲁迅,打算翻译鲁迅的《中国小说史略》。为了帮助他准确理解此书,从3月中旬到7月中旬,鲁迅每天下午拿三小时用日文为他讲解此书,后来又为他讲解《呐喊》和《彷徨》。亲炙鲁迅如此之久之深的学生,世界上大约唯有增田涉一人而已。

增田涉撰写的《鲁迅传》发表于1932年3月出版的日本《改造》杂志,他翻译的《中国小说史略》出版于1935年;此后他又与佐藤春夫合作翻译《鲁迅选集》,日文本的《大鲁迅全集》亦由他负总责。增田涉可以说是唯一的由鲁迅培养出来的汉学家。

1933年12月增田涉由上海启程回日本，鲁迅作七绝一首为赠——

> 扶桑正是秋光好，枫叶如丹照嫩寒。
> 却折垂杨送归客，心随东棹忆华年。

这时其实已经入冬了，但上海的气温仍然比较高，所以鲁迅说成是秋天，红叶如丹，鲁迅按古代的习俗，说自己折柳为之送行，而同时又深情地回忆起自己早年在日本留学时的往事。这样措辞，色彩也比较好。

学术是没有国界的，人类应当结成命运的共同体。鲁迅的诗高瞻远瞩，充满了正能量，自能传世而不朽。

《无题》

鲁迅在旧体诗中一再写到国民党党国高层的人事摩擦、派系纠纷。该党似乎始终没有"精诚团结"过，其执政时间甚短，与此应当大有关系。鲁迅在1932年1月23日书赠日本友人、东京女子大学教授高良富子的条幅中写道——

血沃中原肥劲草，寒凝大地发春华。
英雄多故谋夫病，泪洒崇陵噪暮鸦。

本诗前两句写国民党对革命力量实行军事"围剿"和文化"围剿"均告失败；后两句揭露他们内部矛盾重重：孙科当上行政院长以后，蒋介石固然不支持（"英雄多故"），原先同他站在一边的汪精卫、胡汉民之流则纷纷称病（"谋夫病"），弄得他混不下去，只好跑到中山陵去痛哭了一番（"泪洒崇陵"），迅即狼狈下台。

高良富子相信基督教，崇拜以忍辱负重著称的印度圣雄甘地，打算到印度去拜访他，请他来帮助解决中国的问题。后来因为突然生病，印度之旅未能成行，匆匆返回日本。当时甘地主义在中国也有一定的影响（参见羊夏《二十世纪三十年代流行于中国的"主义"》一文之"甘地主义"部分，《粤海风》2017年第5期），鲁迅诗中并未正面涉及此事，但在一个"血沃中原""寒凝大地"的国度，甘地的"不合作主义"又能有什么用处呢？

高良富子后来写过一篇《会见鲁迅的前前后后》(有陆小燕中译文，载《鲁迅研究资料》第17辑，天津人民出版社1986年版），读此诗时最宜参看。

《一·二八战后作》

鲁迅一生经历过不少战争，但仗打到自己家门口的只有一次，这就是 1932 年初的上海"1·28"战争。

当年 1 月 28 日驻上海日军突然发起进攻，鲁迅的驻地北四川路拉摩斯公寓陷于火线中。屋子中了四弹，窗子玻璃震碎甚多。数日后的 2 月 6 日他在友人内山完造帮助下，避入福州路内山书店支店楼上，到情况缓和后的 3 月 19 日才复回原寓。

鲁迅的日本友人山本初枝女士也住在这一带，战乱中曾写信给鲁迅问安，鲁迅回旧寓后又登门慰问。中日两国的人民一向是友好的。

到当年 7 月，山本初枝离开住了十多年的上海，要跟着她的丈夫回日本去，鲁迅手书一条幅为之送行，上面写的是一首七绝——

战云暂敛残春在，重炮轻歌两寂然。
我亦无诗送归棹，但从心底祝平安。

诗颇平易，近于一般的应酬，而其中所表达的对普通日本民众的友好情谊仍然是动人的。

"战云暂敛"表明鲁迅对时局的观察和估计仍然是严峻的，更大的战事大约还在后头，而普通人关注的乃是平安。

《赠画师》

1933年1月26日鲁迅书赠日本画家望月玉成一首七绝，后来收入《集外集拾遗》，题目就用《赠画师》。诗云：

风生白下千林暗，雾塞苍天百卉殚。
愿乞画家新意匠，只研朱墨作春山。

第一句中的"白下"是南京古代的地名，后即用作此地的别名。鲁迅说，现在那里非常黑暗；第二句说全国的形势也很糟，雾霾重重，百草凋零。后两句请求画家别出心裁，用大红的色调去画美好的春山。

望月玉成是到中国来写生的，鲁迅此诗似乎是借题发挥，说不必拘泥于写生，而可放手创新，画出自然的美景。

曾经有一种意见，说"春山"指共产党领导下的革命根据地，亦即中央苏区。其意甚佳，但不够现实，鲁迅恐怕不可能劝一位日本画家到那里去写生——他是从不给人出难题的，他自己也不写任何不熟悉的题材，尽管那题材是很有意义的。

原载《中华读书报》2019年5月15日第14版《出版史》

值得关注的"经学生活"

文学作品写出来是要给大家阅读欣赏的,所以文学研究的一大任务是要分析"文学生活",按法国著名文学史家朗松(Gustave Lanson,1857—1934)的意见,就是要重点研究作品的接受:"读书的是怎样的人?他们读些什么?这是两个首要的问题,通过对这两个问题的回答,我们就可以把文学移置于生活之中。"(《朗松文论选》,徐继曾译,百花文艺出版社2009年版,第71页)他主张"描写全国文学生活的图景,不仅包括执笔写作的知名之士,也包括阅读作品的无名群众的文明与活动的历史"(同上第76页)。

这一思路也适用于经学研究。儒家的经典写出来也是要给大家看的,并希望由此而去指导社会,让国家在政治和伦理等各方面都走上正路。

儒家的圣贤和大师们都有着崇高的理想和极大的抱

鲁迅著、顾农讲评《汉文学史纲要》,凤凰出版社2009年版

负,孔子的大志在于兴灭国继绝世,重建周初那样的礼乐社会;宋儒要"为天地立心,为生民立命,为往圣继绝学,为万世开太平"——他们这些崇高的理想被接受得如何?经学在人们的实际生活中究竟发生了多大的作用?"经学生活"比"文学生活"更加值得研究,可惜这种研究至今仍然很薄弱,学者们只读经书,经学史也只是研究那些经典的注释本和有关论文,生活中的经学大抵无人过问。

鲁迅并不研究经学,他从事的是文学,但在他的小说中颇多对于"经学生活"的描写,如果注意及此,读起来大有兴味。

例如《祝福》里的鲁四老爷,"是一个讲理学的老监生",他的"经学生活"如何?

作为知识分子,他当然是读书的,鲁迅在小说里并没有写他如何读儒家的经典,而只从"我"的角度写出了两个方面的情形:一是他的案头并没有儒家的原典,只有两种普及读物:一部《近思录集注》和一部《四书衬》。《近思录》是南宋大儒朱熹与吕祖谦合编的理学入门书,内容是分类摘录理学之先行者周敦颐、程颢、程颐、张载四位大师的语录,凡十四卷,六百二十二则语录。朱熹要求人们读过此书后务必要读原典。"若惮烦劳,安简便,以为取足于此而可,则非今日所以纂集此书之意也。"而看鲁四的案头,绝无周张二程诸君子的著作,更没有儒家的经书,可知他正属于"惮烦劳,安简便"之流,是否入门尚不可知，而业已用"讲理学"来自我标榜。

《近思录》卷一有横渠先生张载的语录九条，其中第四条曰"鬼神者，二气之良能也"，意思说鬼神是阴阳二气变化的产物，并不神秘，也不可怕。理学家认为死亡疾病乃是常见之事，无须忌讳。而鲁四连这一基本的道理也还不能理解，在他面前"当临近祝福时候，是万不可提起死亡疾病之类的话的"。鲁四老爷号称讲理学，而其实并不懂理学。

《近思录集注》有两种，一种是清儒茅星来编著的，另一种是江永编著的，《祝福》中没有说明是哪一种。反正四老爷也不大读，就不去深究了。至于《四书衬》，乃是清人骆培编著的一部解释《四书》(《大学》《中庸》《论语》《孟子》)的书，亦属入门读物。

这样看来，小说里这两处似乎平淡无奇的叙述，都蕴含着丰富的内容，不仅流露了作者对鲁四老爷深刻微妙的讽刺和批判，也写出了清末民初"经学生活"的一角。

再如《孔乙己》中的主人公，是一个科举场中的失败者，穷愁潦倒，靠帮人抄书为生，所以只好标举孔子说过的"君子固穷"(《论语·卫灵公》)，但他其实不能固守其穷，甚至很有点"小人穷斯滥矣"的意思。孔乙己的"经学生活"完全失败：想通过读书应科举爬上去没有成功，想守住"固穷"的底线也没有成功。在另一篇描写科举失败者的小说《白光》中，其主人公陈士成精神失常，幻想在家里挖出祖传的宝藏来，直扑非正常的财富而去，终于非正常死亡。（参见顾农《鲁迅小说里的真狂人》，《文艺报》2012年9月14日第7版）

鲁四处于儒家知识分子的基层，孔乙己、陈士成则在其末流。上层社会的"经学生活"如何？鲁迅小说里没有写到，而他在杂文里提到科举时代的情形，是人们都把四书五经八股文当作敲门砖，"文官考试一及第，这些东西也就同时被忘却"（《且介亭杂文二集·在现代中国的孔夫子》）。

不识字的农民也自有其"经学生活"，最典型的是阿Q，鲁迅写道：

他想，不错，应该有一个女人，断子绝孙便没有人供一碗饭……应该有一个女人。夫"不孝有三无后为大"，而"若敖之鬼馁而"，也是一件人生的大哀。所以他那思想，其实样样合于圣经贤传的，只可惜他后来有些"不能收其放心"了。

……

阿Q本来也是正人，我们虽然不知道他曾蒙什么名师指授过……（《阿Q正传》第四章《恋爱的悲剧》）

这里有许多讽刺的意味，但其实也说明了儒家的经典里本来有许多民间思想的总结和升华，而在社会生活中，没有文化的人们也同样会受到占据统治地位的经学思想的熏染。儒家特别是宋明以来的新儒家（理学家）非常注意把自己的思想灌输到民间去，并且确实取得了很大的成功。

鲁迅是"五四"新文化运动的主将之一，鉴于当时的情形，他对儒家思想批评得很厉害，而对那里面的精华部分却来不及多说。鲁迅在他的小说中大抵从负面来描写"经学生活"，显示了那个时代的特色。这也是生活。

其实鲁迅本人是从小就把经书读得很熟的，运用亦极灵活。他本人的"经学生活"如何，也很值得探究，但那是需要另案处理的了。

原载《文汇报》2019年3月8日第12版《笔会》

鲁迅论孔融

著名建安老作家孔融被曹操杀掉，历来的同情似乎都在孔融一边。但是事情也还有另外的一面，孔融也确有取死之道：他一再跟曹操捣乱，哗众取宠，干扰政策的实施。曹操公布孔融的罪状时，用了一些其他的借口，例如他关于不孝的言论等等，完全不提其人乃是一个令人头疼的持不同政见者，更不提一杀此人可以收到震慑一批反对派、稳定北方政局的意义。公开的文件同实际情形很不同，这在古代是常见的。

首先对孔融之死作出新分析的是鲁迅先生。他指出："七子之中，特别的是孔融，他专喜欢和曹操捣乱……曹操要禁酒，说酒可以亡国，非禁不可，孔融又反对他，说也有以女人亡国的，何以不禁婚姻？……其实曹操也是喝酒的，我们看他的'何以解忧，惟有杜康'的诗句，就可以知道。为什么他的行为和议论矛盾呢？此无他，因为曹操

顾农著《建安文学史》，湖南教育出版社 2000 年版

是个办事人，所以不得不这样做；孔融是旁观的人，所以容易说些自由话。"(《魏晋风度及文章与药及酒之关系》)

这些分析真所谓入木三分。旁观的人不能体谅办事的人，还要说些风凉话，说那么一两次也就罢了，再三再四地说，而且说得那么深刻，那么刻毒，这就很容易让习惯于专制的古代政治家受不了，于是便开了杀戒。

曹操上表要求禁酒，原因其实很有道理，那就是"年饥兵兴"(《后汉书·孔融传》)，收成不好，而战争不断，首先要保证军队的粮食供应。至于公开宣布禁令时讲些酒能亡国之类的大道理，不过是政治家常用的权术或者说策略，无足深责。这个道理孔融其实是明白的，他只顾捣乱，自以为说得痛快，诸如此类的言论太多，结果竟送掉了性命。

原载《今晚报》2019年5月30日第12版《副刊读吧》

东林何以为党

晚明的"东林党"中多为正人君子。或谓东林非党，无非是要肯定他们，这种肯定也是有他的道理。但是明清之际的著名学者冯班（1604—1671）说：

> 君子当末世，自然不敌小人。合君子以攻小人，不胜，败坏了国家大事，这个便是党。（《钝吟杂录》卷二《家戒下》）

他这一席话并非专为东林而发，然而正可用于论东林。鲁迅（1881—1936）论东林说：

> 古今来无纯一不杂的君子群，于是凡有党社，必为自谓中立者所不满，就大体而言，是好人多还是坏人多，他就置之不论了。……东林中虽亦有小人，然多数为君子，

反东林者虽亦有正士,而大抵是小人。(《且介亭杂文二集·题未定草(六至九)》)

合观这两段高论,可知东林党中虽多为君子,却合攻小人而不胜,终于没有获得积极的成果。明末的一大教训在此。

原载《今晚报》2019 年 4 月 11 日第 12 版《读吧》,改题《晚明东林》

周作人文校勘举例二则

《周作人文类编》第十卷《八十心情》(湖南文艺出版社1998年版)载周作人《关于鲁迅》一文说起鲁迅早年买书的情形道:

家中原有几箱藏书,却多是经史及举业的正经书,也有些小说如《聊斋志异》《夜谈随录》,以至《三国演义》《绿野仙踪》等,其余想看的须得自己来买添。我记得这里边有《酉阳杂俎》《容斋随笔》《辍耕录》《池北偶谈》《六朝事迹类编》《二酉堂丛书》《金石存》《徐霞客游记》等。(第111页)

《瓜豆集》(河北教育出版社2002年版)第152页所载同一段文字,亦复完全相同。

按这两处的《六朝事迹类编》这一书名是不对的,应作《六朝事迹编类》。这就是校勘学上所说的"误倒"。

《六朝事迹编类》，南宋人张敦颐著，旧有十四卷本（宋本及翻宋本）和二卷本（《四库全书》本、《丛书集成初编》本）两种，《四库全书总目》史部地理类三云：

《六朝事迹编类》二卷　两江总督采进本

宋张敦颐撰。敦颐字养正，婺源人，绍兴八年进士。由南剑州教授历官知舒、衡二州，致仕。是编前有绍兴庚辰自序，结衔称左奉议郎充江南东路安抚司干办公事，盖登第后之二十二年也。其书为补《金陵图经》而作。首总叙，次形势，次城阙，次楼台，次江河，次山冈，次宅舍，次谶记，次灵典，次神仙，次寺院，次庙宇，次坟陵，次碑刻，凡十四门。引据颇为详核，而碑刻一门，尤有资于考据。

鲁迅早年喜欢读史地一类著作，所以此书虽无赫赫之名，却也在他搜购之列。

《六朝事迹编类》现在最容易得到的本子是张忱石先生点校本（上海古籍出版社 1995 年版），该本以道光二十年（1840）刊本为底本，而道光本的根据乃是曹寅楝亭所藏的一个影宋钞本。此本是目前最好的本子，取读亦便。

湖南文艺出版社版十卷本《周作人文类编》是一部很好的书，内容丰富，校印精良，书中以定本附校勘记的方式记录校勘成果，也很见功夫；但校勘是一件非常烦难的事情，真像古人所说，如扫落叶，边扫边生，很不容易搞彻底。试再举一例以明之。

《类编》第六册《花煞》中有《论笑话》一篇，文中引冯梦龙《笑府》原序云：

古今来莫非话也，话莫非笑也。两代之混沌开辟，列圣之揖让征诛，见者其谁耶？夫亦话之而已耳。后之话今，亦犹今之话昔，话之而疑之，可笑也，话之而信之，尤可笑也。经书子史，鬼话也，而争传焉。诗赋文章，淡话也，而争工焉。褒讥伸抑，乱话也，而争趋避焉。或笑人，或笑于人，笑人者亦复笑于人，笑于人者亦复笑人，人之相笑宁有已时？《笑府》，集笑话也，十三篇犹云薄乎云尔。或阅之而喜，请勿喜，或阅之而嗔，请勿嗔。古今世界一大笑府，我与若皆在其中供话柄，不话不成人，不笑不成话，不笑不话不成世界。布袋和尚，吾师乎，吾师乎。墨憨斋主人题。（第726—727页）

这里有两处行文读上去有点不舒服。一是"两代之混沌开辟"，两代指哪两代？同"混沌开辟"有什么关系？按《论笑话》是周作人为他编选的《苦茶庵笑话选》写的序言，于是查该书原本（北新书局1933年10月版），在序言的第14—15页有此引文，有关字句作"两仪之混沌开辟"——原来如此，这就没有问题了。"两仪"就是天地，《易·系辞》："易有太极，是生两仪。"《疏》云："不言天地而言两仪者，指其物体，下与四象相对，故曰两仪，谓两体容仪也。"这里的"仪""代"属于因简化而产生的形近之误。

另一处是"我与若皆在其中供话柄"，这一句有点别扭；查1933年版《苦茶庵笑话选》，文字也是如此，毫无办法，于是进而查明刊本《笑府》，这才有了进展。按周作人是没有看到过原刊本《笑府》的，他所依据的是两种日本旧木刻选本，所以《苦茶庵笑话选》的序言（即单独发表时题为《论笑话》者）之末特别提到"将来如果能找到原刊《笑府》和《开卷一笑》下集加以补正，那便是我最大的快乐了"；而现在要检核原刊本《笑府》已经不难，因为《冯梦龙全集》（上海古籍出版社1993年版）之第四十一册的《笑府》，正是依据日本内阁文库所藏明代写刻本影印的，很容易找到。查该本有关字句，作"我与若皆在其中供人话柄"，多一"人"字，这就顺了。周作人是根据日本旧木刻选本之《笑府》转引该序的，误夺一字，难免有一点小小的不妥帖之处了。

要为周作人的文章做校勘，一要查该著作的原版（以至于各文发表之原报原刊），一要就其中的引文检核原书，工作量很大，相当烦难；但这两方面的工作，将来出版《周作人全集》时总是非做不可的。

原载《南方都市报》2019年1月23日GB07版《历史》

周作人关于鲁迅的三部书

在"五四"以来的新文坛上,鲁迅、周作人这一对亲兄弟都是重量级的大腕,他们一起长大,曾经亲密合作,后来却因家事而反目。

关于大哥鲁迅,后来周作人先后出版过三本专书,它们是——

《鲁迅的故家》,上海出版公司 1953 年 3 月版,为鲁迅研究资料之一

人民文学出版社 1957 年 9 月重新出版

今有河北教育出版社 2002 年 1 月版,止庵校订

《鲁迅小说里的人物》,上海出版公司 1954 年 4 月版,为鲁迅研究资料之二

人民文学出版社 1957 年 8 月重新出版

今有河北教育出版社 2002 年 1 月版,止庵校订

《鲁迅的青年时代》，中国青年出版社1957年3月版
今有河北教育出版社2002年1月版，止庵校订

三书皆写于新中国成立之后。这时鲁迅乃是公认的伟大的革命家、思想家、文学家，不管周作人内心深处对长兄有些什么与众不同的见解，在公开发表的文章里，他必须出之以正面的、称颂的态度，当然他行文采取的是客观介绍背景资料、不杂议论的基调。写这一类文章，他实在是最合适的人选，作为最知情人，他确实堪称"海内孤本"（《瓜豆集·关于鲁迅》）。

围绕鲁迅的生活与创作来写介绍背景的文章，开始于周作人还被关在南京老虎桥监狱之时，1948年7月，他应一位熟人、《子曰》编辑黄萍荪之约供稿，写了一篇《〈呐喊〉索隐》，稍后发表于《子曰》丛刊第三辑，署了一个化名"王遐寿"——这时他还因汉奸罪在囚系中，不能用本名或者人们熟悉的笔名发表文章。

一个同鲁迅似乎毫不相干的王某人来大谈鲁迅小说中故事与人物的来由，未免有点奇怪，于是周作人假托说索隐的内容都得之于亲戚中一位知情人的介绍："我的亲戚里边有一位方女士，她是鲁氏老太太的一个内侄女，又是义女，常在老太太那里居住，她知书识字，和老太太很谈得来，所以知道的事情很不少。有一回未免偶然谈到《呐喊》，她把里边有事实作背景的一些事情告诉我听，后来

又说到《彷徨》里的故事,我都摘要记录在日记里,这些大约已是十年以前的事了。"

特别用了这样一套费力的说明,来确保内容的真实性。等到新中国成立之初,已经恢复自由之身的周作人用"周遐寿"的笔在上海《亦报》等处发表系列短文,来谈关于鲁迅生活和创作的种种背景,便无须兜那么远的圈子了。

《鲁迅的故家》分为四个部分:

第一分　百草园,凡94节
第二分　园的内外,凡33节
第三分　鲁迅在东京,凡35节
第四分　补树书屋旧事,凡15节

这样,绍兴、东京以及到北京之初住在绍兴会馆里的那一段,就都写到了。

《鲁迅小说里的人物》也分为四个部分:

呐喊衍义,凡91节
彷徨衍义,凡45节(第27节以下是谈《朝花夕拾》的)
　附录一　旧日记里的鲁迅
　附录二　学堂生活

鲁迅的三部创作集这里都涉及了,鲁迅在南京洋务学堂里的一段生活也已补齐。周作人在此书的总序中说："去年春天,还在给《亦报》写小文章,动手来编《呐喊衍义》,虽然只发表了极小一部分,但仍是继续写着,大概费了两个月工夫,一共写了一百三十多节。这里分作两部,前部是关于《呐喊》的,后部是关于《彷徨》以及《朝花夕拾》的,所以虽是两个头,实在却可以叫作'三衍义'的。我写这些文章的目的是纪事实,本来与写《百草园》是一样的,不过所凭借的东西不同,一个是写园及其周围,一个是写两部小说的人物时地。"

《鲁迅的故家》与《鲁迅小说里的人物》二书着眼点不同,而殊途同归,恰可以互为补充,同为了解鲁迅前半生的重要材料。周作人后来说:"我很自幸能够不俗,对于鲁迅研究提供了两种资料,也可以说对得起他了。"(《知堂回想录·不辩解说(下)》)

《鲁迅的青年时代》情况稍有不同,其中的文章大多是1956年为纪念鲁迅逝世二十周年时,应各地报刊之约而写的,内容较为集中,篇幅也略长,又附了几篇旧作,其细目如下:

鲁迅的青年时代

鲁迅的国学与西学

鲁迅与中学知识

鲁迅的文学修养

鲁迅读古书

鲁迅与歌谣

鲁迅与清末文坛

鲁迅与范爱农

鲁迅与弟兄

鲁迅与闰土

鲁迅在南京学堂

鲁迅的笑

附　回忆伯父鲁迅（周静子）

阿Q正传里的萝卜

附录　关于阿Q正传、关于鲁迅、关于鲁迅之二

附录中的三篇文章是二三十年代写的，收入本书时多有修改，其中颇有值得研究的奥秘（参见《周作人〈关于鲁迅〉的两种文本》，见于顾农著《与鲁迅有关》一书，凤凰出版社2014年版）。

这三本书对于人们了解鲁迅及其创作关系很大，被引用的频率自然也就很高。作为叙事散文和学术随笔来读，也是颇见功力的。

原载《绿土》2019年7月号

第三辑 书边杂写

书房的"来龙去脉"

有一间专用的书房是我多年来梦寐以求的事情,本世纪初,搬入空前宽敞的新居以后总算实现了这个美梦,只是"来龙"不算很正,是请装修师傅从新居的客厅里隔出一块,大加改造而形成的,两壁安排了顶天立地的固定书架,且颇有纵深,可以放得下三排书或两排杂志。我在这半路出家的书房里啸傲多时,写出了早已列入计划的几本书和一批文章,更看了不少的书,幸福指数较以前几十年高出许多。

二十年前我所在的学校最后一次福利分房,能拿出来分配的是在建的十二套,每套一百三十平米。按积分我当时进入了分房名单,记得排在第四,于是得以选了三楼靠西的一套。当时这些房子还没有盖好,但看得出地点和环境都很好,离学校不远,旁边就是一条小河,瘦西湖的水沿着这条河缓缓地往南流向荷花池方向,然后汇入运河;

书房一角

只可惜学校好不容易才拿到的这块地盘小而见方,所以一层就两户,其内部的结构也难以安排得很合理。当时大家都不计较,能有这么一套已经上上大吉了!

既然房子的大结构不大合理,我这书房的小结构自然也就高明不到哪儿去。这是后来的看法,当时则兴奋之至,赶紧把原来分散在旧居之卧室、客厅、过道、床下以及借来的一间储藏室里的全部书籍、杂志、资料、电脑……悉数搬入,关上房门,坐在一把新买来的转椅上,环顾四周,前所未有的获得感油然而生。

麻烦在于我的书架每层必须安排三排书,把估计暂时用不到的朝里面放，尽量装满，同时分清轻重缓急，逐步进入前排。如何安排，记得当时很伤了些脑筋。就这样还不大放得下，须侵占客厅的一些边角地，引起老伴的严重不满，批评我总是为外物所累。

只可惜不同门类的知识之间总是有些千丝万缕的关系，本来屈居于后的某些书有时忽然成为当前的要籍，而要把它翻出来相当吃力，所以有时还得到图书馆去借，偶有借不到的，该有的引文也就不引了。更大的麻烦还在于，时间一长，哪些书被安顿在哪一处的深闺里记不清楚了，到这时才深悔当初没有做出详细的记录。

我退休以后少写论文专著而多写随笔有种种原因，减少找书的麻烦也是其中的一条。写随笔可以不搞什么引文，或者有个大意也就可以了。多说自己的话要紧。

现在年纪愈来愈老，老伴和儿子都要求我停止瞎忙，专心养老。我很赞成这一番美意，下决心淡出，但我不能准确地估计自己未来健康状况演变的时间表，闲愁最苦，所以只能渐渐淡出。自己的这些书则准备逐步送人，主要是送给学生和青年教师。这里的困难在于，一是不知道他们当中谁需要什么书——可千万不要变成出口垃圾，转嫁危机；二是不知道自己未来何时需要翻哪些书，如果因为要查一本原先自有的某书而须跑一趟图书馆，那岂不是折腾吗。所以只能先易后难，逐步推进。总的原则是骑驴看唱本，慢慢走着瞧。

几十年中把这些书聚起来固然不容易,而要把她们送出门,也不那么简单。今后的一大任务是要把书房中物的"去脉"安排好。等到彻底瘦身,每档只放一排,且多有余地了,那时再坐下来检阅四周,应当更有一番由博返约、走向空灵的成就感吧。

原载《今晚报》2019 年 1 月 1 日《读吧》

过去忙年是穷忙

近年来读过一些怀旧散文,作者们把他们小时候的生活、环境、亲情写得头头是道,趣味横生,读来令人悠然意远,而同时却想:那时其实很穷很苦啊。

却说几十年前,一进了腊月门,大人们就忙开了,无非是准备各种美食,好让全家人过年吃得丰盛一点。许多东西是要凭票才能买到的,平时舍不得用,到这时集中优势兵力地拿出来多买点肉和蛋;再想办法多买一些点心(有几年糕点也是要凭票才能买到的),藏起来准备招待客人——现在想起来真是既可怕又可怜。小孩都盼望过年,可以吃得好啊。

四十多年前等我有了儿子以后,也不得不参与到忙年当中去。至今印象较深的是有两年家里要我负责给小家伙多炒点花生,准备过年吃,也可以待客。于是要向进城的农民买生花生,讨价还价一番,然后再来晒,选,把坏的

与儿子顾钧在北京鲁迅纪念馆合影

拣出来扔掉,把混杂在里面的泥土扬弃掉,几道工序走下来,最后才能到炒货店去炒。快要过年了,来请他们炒花生的顾客很多,须排长队。师傅一锅一锅地炒,总得等上两三个小时,顾客就拿装花生的篮子排成长龙,还务必要警惕有什么不上规矩的篮子来加塞儿。那时也有炒好的花生卖,要贵好几毛一斤,而且坏的多。

儿子在幼儿园放寒假了,闹着要跟我去排队炒花生,表现得很有耐心,挤在那里挨烟熏也不肯先回家。他也忙年呢。炒货店里熙熙攘攘,笑语喧哗,大家都在高高兴兴地穷忙。

现在过年，准备吃的东西去一趟超市就办齐了。家人团在一起，看看电视，休息休息，中年人陪老人、孩子谈谈玩玩，朋友们之间走动一下，也有不少到外地旅游去的。现在似乎很少有人再像过去那样忙年的了。我很高兴这过年可以无须再去穷忙。

原载《今晚报》2019年2月14日第9版《副刊》

数易其稿是必须的

文章不怕改,必须改。一挥而就即为妙文的事情,虽然世界上也有,一则甚少,再则与我辈也无甚关系,不必考虑。鲁迅先生指导学习写作的人们说:"写完后至少看两遍,竭力将可有可无的字,句,段删去,毫不可惜。"(《二心集·答北斗杂志社问》)至多看几遍呢,他没有说。除了删,还有增加和改动,也都是必要的。他只说删,大约最不容易下决心的就是删,好不容易写出来,删掉容易觉得可惜。

我现在的文章,在寄出去之前,总是删改过几次的。在电脑里改文章非常之方便,不像过去那样须反复誊清,多花纸墨。

也有文章寄出去以后,编辑不肯用的。其原因有种种:太长,太短,内容或文体不合本刊要求,提法或行文不合本报风格,如此等等。连约稿偶尔也会发生这种情形。放在过去，我就会不大高兴，立马就拿到别的地方去发表。最近若干年来，年纪愈老，火气愈小，总是先来检查自己有什么不是，将该文修改一通，或先行搁置，过些时再拿出来，大大地修改一通。重新改过的文章，比过去总是要好一点。曹雪芹写《红楼梦》，尚且"于悼红轩中，披阅十载，增删五次"，我辈又怎么敢有什么火气呢。

顾炎武的《音学五书》曾经五易其稿，而其一再修改的原因却颇出人意外，黄濬有一则题为《明代有两顾亭林》的笔记云：

记旧阅某笔记云，亭林先生居家，喜布衣，寸丝不上身。著《音学五书》时，《诗本音》卷二稿再为鼠啮，先生再为誊录，毫无愠意。有劝先生翻瓦倒壁，一尽其类者，则可免如许憎厌。先生曰："鼠啮我稿，实勉我也，不然好好搁置，我岂肯五易其稿哉？"此自先生解嘲之言，然亦可见其量恢然，且乐于执笔也。（《花随人圣庵摭忆》上册，中华书局2008年版，第68页）

虽然是意外的原因，但顾炎武却把这看成是促进自己修改旧稿的契机，此其所以为高人也。其量恢然、数易其稿是必须的。

原载《今晚报》2019年3月12日第12版《读吧》

"有智者寿"

长寿是人们希望的事情,所以现在各路保健品卖得很火;而骗子们则在这里大动其脑筋,专门糊弄老年人,宣传和推销的手段五花八门,中了他们诡计的老人据说为数不少。

想办法大赚老年人的钱同多赚小朋友的钱一样,都是当今的生意经显学。

与其大吃那些吹得天花乱坠的保健品营养品,不如多向孔夫子请教。《韩诗外传》卷一第四章记载他老人家揭示的长寿之道三条,每一条都相当经典:

> 哀公问孔子曰:"有智者寿乎?"孔子曰:"然。人有三死而非命也者,自取之也。居处不理,饮食不节,佚劳过度者,病共杀之。居下而好干上,嗜欲无厌,求索不止者,刑共杀之。少以敌众,弱以侮强,忿不量力者,兵共

杀之。故有三死而非命也者，自取之也。"

生活安排不合理，饮食失控，过劳过逸，容易致病，皆与长寿之道背道而驰。"刑共杀之"的典型在贪官污吏中最为常见，人所共知，无须多说了。"有智者"远离因不智而形成的"三死"，自然能够健康长寿。

原载《今晚报》2019年3月14日第9版《副刊》

皇帝和状元

自从科举制度被废除（1905年）之后，由这个制度派生的大部分专门名词就淡出了，但也还有继续活跃于口头和书面的：例如"秀才"，相当于才子，而更加庄重古雅；又如"状元"，相当于冠军，而更加显得有文化内涵。每年到了高考发榜的时候，某市状元某省状元一类提法便不绝于耳，大为火爆。"状元"们被捉去参加各种表彰活动，兴高采烈者固然有之，也有些淡定的年轻人深感闹得心烦。

一位接受采访的北大学生、前某市文科状元H君说得好："还不是该干啥干啥。"（《科场现形记续编》，转引自《中华读书报》2018年12月12日第12版《高考状元们的遭遇》）

"状元"一词估计一定会继续使用，但对于新科状元恐怕不宜猛炒，万一炒得头昏眼花了，将不利于他此后的发展。不相干的企业利用表彰状元为自己做广告，最好能予以劝止。

自从帝制被废除（1910年）之后，"皇帝"一词按说也就可以淡出了，然而不然，其活跃的程度较之"状元"更加生猛一百倍，古装电视里往往会有皇帝驾到。电影演得好的，男的称为"影帝"，女的则成"影后"，歌星且有被捧为"天王""天后"的。女演员们喜欢年轻漂亮，如果不是顾及这一点，一定还会有"明星皇太后""大腕太皇太后"……

教育方面如果不再猛炒什么"状元"，演艺界如果不再自娱自乐地封那么多的"帝"和"后"，我们的文化生态也许会比较素雅清静些吧。

原载《今晚报》2019年4月9日第9版《副刊》

墨宝

现在生活节奏快,大家工作忙,一般都不用毛笔,只用硬笔,或更进一步,只在电脑和手机上写字。于是毛笔字就成了"书法",而有些明星之类的公众人物,随便用毛笔写几个字,便成为名人"墨宝",受到追捧,可以卖钱。

毛笔字写得不够格,拿不出门,现在不算问题。不知美恶好丑,没有自知之明,虽然也不算什么大问题,但最好不要乱抖,以免坏了身段。

鲁迅先生的杂文中有一篇《论毛笔之类》,其中有云:"毛笔尖触纸的多少,就是字的粗细,是全靠手腕作主的,因此也容易疲劳,越写越慢。闲人不要紧,一忙,就觉得无论如何,总是墨水和钢笔便当了。"现在且有更便当的办法,因此平时认真写毛笔字的人就更少。传统意义上的书法家不是容易当的,得苦练很多时间。明星之类的公众人物忙得不可开交,一般来说同"墨宝"之类恐怕不容易联系在一起吧。

原载《今晚报》2019年4月15日第9版《副刊》

学术疲劳

现在高校教师队伍中的新人，大抵有博士头衔，都是非常优秀的青年，偶有交往，却往往感觉他们相当疲劳。

有些疲劳是生活方面的，吃饭，租房，结婚，买房，生子……都很累人。他们在学术方面似乎也很有些疲劳：出不来好点子，想不出新东西，找不到好题目，而又非写论文不可，非发表不可，非核心期刊不可，而且非有项目不可。种种不可，人生还能有多少乐趣呢。

有些文章倒是可以写的，但有关的规章不承认是成果，不能列入上报材料，不能作为各种评审的依据，写了也是近乎白写——那么不写也罢。

到相识的学术大鳄所主持的大项目里去打工，是他们面临的一条比较可行的出路，但一般来说那也只不过是寻各路材料之砖，砌可有可无之矮墙而已。更可怕的是，那题目可能同他远无血肉相干，无肝胆可照。

过于严密的分工,种种刻板的规定,千篇一律的写法,让研究和写作都变成机械性的操作,变成毫无乐趣的苦差。人的全面发展大大地被阻止了,创造性也就萎缩了。

本应是神采飞扬的青年才俊,竟垂头局促如辕下驹。噫!

原载《今晚报》2019 年 4 月 16 日第 9 版《副刊》

杨绛的《称心如意》

杨绛（1911—2016）在朋友陈麟瑞、李健吾鼓动下于1942年冬天写了一部四幕喜剧《称心如意》，第二年春天由上海职业剧团在金都大戏院公演，黄佐临执导，女主角李君玉由林彬饰演，李健吾也粉墨登场，扮演一个戏份不甚多的老富翁徐朗斋。演出大获成功。稍后剧本正式出版（世界书局1943年版），此后又多次收入新出的集子。

此剧的主要剧情是：主人公李君玉父母双亡，只好从大学退学，在一间小学里代课谋生。大舅父、银行经理赵祖荫把她从北平召来上海，说要照顾她，来了以后才知道这其实是大舅妈的主意，想用外甥女李君玉来挤走丈夫在银行里的妖精女秘书。

李君玉由他的男朋友陈彬如护送来沪，赵祖荫夫人见到这种情形，觉得让李君玉住在自己家里不合适，容易影响自己的宝贝女儿（此时因病住院，在戏里未出现），便想方设法把君玉打发到她二舅赵祖贻那里去，为他打字，给他家的孩子充当家庭教师——而同时仍然为赵祖荫在银行里做事。这样花费少，效率高。

赵祖贻的儿子、大学生赵景荪先前正在同表妹钱令娴（三姑父诗人钱寿民的女儿）处朋友，已经快要订婚了，现在才貌双全的李君玉一出现，他立刻深感这位小表妹君玉（已经去世的五姑父之女）才是值得追求的。他的意思立刻被钱令娴看破，大为生气，大闹别扭。

赵祖贻夫人明白，再让李君玉住在自己家里很不合适，准备退到赵祖荫那里去，赵祖荫夫人不同意，她们合谋把君玉安排到四舅舅、厂长赵祖懋家里去——他们家没有孩子，太冷清了，去做做伴儿。

到了四舅舅家以后闹出了一个大乱子：赵祖懋夫人是热心做慈善的，她打算抱养一出生未久的孤儿回家来让君玉帮着带，赵祖懋决不同意，就同李君玉合谋，说自己同厂里的一个女工发生过关系，已经有一个儿子，那小三最近还有信来要钱给小孩做过冬的衣服呢。这封假信就由君玉执笔，并且假装发现了以后立即向赵祖懋夫人报告。赵祖懋家里天下大乱，吵翻了天。李君玉在这里自然也待不下去了。于是几位舅舅、舅妈联合起来，把李君玉塞给他们自己的舅舅、无儿无女的大富翁徐朗斋。

最后的结局是徐朗斋非常看好五外甥女的女儿李君玉，以她为自己的财产继承人，并且他也看好她的男朋友陈彬如（他同陈家原是很熟的），支持他们结合。曾经被几个舅舅踢来踢去的孤女李君玉，最后被踢出一个圆满结局，意外地称心如意了。聪明能干的好人终于有了好报，而观众印象更深的却是那几户"上等人家"不可向迩的庸俗虚伪和低级趣味。

《称心如意》在上海剧坛上一炮打响，新锐剧作家杨绛一举成名，她的原名杨季康反而不甚为人所知了。这一年她三十二岁。这时钱锺书还没有成名。

李健吾说，中国现代风俗喜剧的第一道计程碑属于丁西林，第二道则属于《称心如意》的作者杨绛。

钱锺书一方面为妻子的成功高兴，一方面深感来了压力，于是他在1944—1946年间奋力写出了自己的小说《围城》。

《称心如意》里多有深刻微妙的台词，不妨从第一幕抄出一小段来看——

李君玉 （轻声）我说，没有不香不臭的男秘书，就找个女的。

荫夫人 是啊，你大舅爱用女秘书，可是相貌不好的，他又嫌丑，看了头痛；美的呢，又怕妖精似的………

李君玉 那就得找个不男不女的了。

荫夫人 君玉！你越说越好听了！（拍李肩）我告诉你吧，除了你，没有人配做你大舅的秘书。

……

李君玉　哦！大舅妈，您不放心大舅用女秘书，所以叫我来！

萌夫人　君玉！怎么说出这种话来！我们不放心你一人待在北平，所以接你来。

李君玉　我很感谢。

萌夫人　这话就错了，那是我们应当的。不是吗，我天天在想念你。你二舅、三姨、四舅都很想念你……

李君玉　你们有功夫想念我？

"上等人家"温情脉脉的面纱看上去很美，可是一捅就破。李君玉冰雪聪明，不抱什么幻想，就当作在此谋职，她应付方方面面游刃有余，而且终于交了好运。

十多年前的2007年4月，中央戏剧学院表演系2004级3班的同学，为了纪念中国话剧百年诞辰，重新排演了《称心如意》，在中央戏剧学院北兵马司剧场演出，同样获得了成功。这一年剧作者已经九十六岁了。

创作《称心如意》时杨绛还相当年轻，她观察世态人心，已经通明雪亮，而且流露了巨大的创作才华。等到她晚年来写小说《洗澡》及其续篇时，那就更加透彻老到了——但她始终温柔敦厚，<u>丝毫没有剑拔弩张的意思</u>。

温柔敦厚是传统的诗教，看来也是杨绛的百岁长寿之道。

《称心如意》一炮打响之后，杨绛又陆续创作了《弄假成真》《游戏人间》和《风絮》三部戏。

《弄假成真》写成于1943年10月。剧中的男女主人公都想通过婚姻改善自己的处境，而拜金主义则让他们出尽了洋相。杨绛的第三部喜剧《游戏人间》1944年8月间曾在上海演出过，作品通过男女主人公的感情纠葛，讽刺游戏人间的人生态度。由于这部戏的文本一直没有发表，后来竟找不到了。

杨绛写的最后一部戏《风絮》是一出悲剧，剧本曾在《文艺复兴》上连载，稍后又出版了单行本（上海出版公司，1947年）；到四十年后的1986年，还发表过一份修订稿。这里演出的是三个人之间的悲剧：丈夫方景山热衷于社会工作，带着妻子沈惠连到乡下去创办事业。他全身心地工作，一方面冷淡了妻子，一方面得罪了当地的乡绅势力，被诬告下狱。他的朋友唐叔远与沈惠连共同努力营救方景山，在这一程中沈爱上了唐，主动追求他，而唐则竭力回避婉拒，朋友之妻不可欺啊。等到营救成功，出狱后的方景山受不了家庭变故的打击，决心沉潭自杀，留下一份遗书。唐看到遗书觉得自己已经没有必要再拒绝沈了，而沈则深感自己愧对丈夫，是自己杀了他，深悔自己的荒唐。这时忽然改变了主意、从潭边折回来的方景山出现了，声称要同妻子同归于尽，或者枪杀唐以后与沈重归于好。沈夺过手枪向自己连发数弹，倒地身死。方景山痛哭失声，唐叔远呆若木鸡。全剧就在这里结束。

人生真如同风中柳絮一样，飘忽不定，无从捉摸。

几部戏共同见证了青年杨绛的绝世才华，但她稍后却义无反顾地作一华丽的转身，改而从事外国文学的翻译和研究，又取得了丰硕的成果。到晚年，她又折回来大写散文和小说，再一次震动了文坛。

原载《辽宁日报》2019年5月29日第07版《阅读》

与时俱进的老派才子周瘦鹃
——汇编本《花花草草》读后记

一

老派江南才子周瘦鹃先生（1895—1968）乃一代奇才，他不单是知名度极高的作家、翻译家、编辑家，又是超一流的资深园艺专家——他在二十世纪三十年代以其余力略仿古人画意创作的盆景，就轻而易举地获得了上海国际性花会的锦标。

周先生早年写过大量的言情小说、剧本和电影，为鸳鸯蝴蝶派"五虎"之一（其他四"虎"是徐枕亚、李涵秋、包天笑、张恨水），拥有广大的读者，其"粉丝"的数量比起现代文学史上许多名家来要多出许多；他早年翻译的欧美短篇小说，得到过鲁迅先生的高度评价，后来又译出过大量外国文学作品，其中有不少成了畅销之书；他编辑的几种刊物如《礼拜六》《半月》《紫罗兰》等等，皆名闻

周瘦鹃著、王稼句整理《花花草草：周瘦鹃自编小品文集》，中华书局2019年版

遐迩，风行一时；他为《申报》先后主持过名牌副刊"自由谈""春秋"，亦复办得风生水起。一个文人只要做好其中一个方面的事情，即足以名家，而周先生却以其瘦弱之躯为几项全能的高手，这不能不说是一个奇迹。

1949年以后，社会和文学全都发生了巨变，鸳鸯蝴蝶、哀情惨情那种老一套显然是不行了，刊物和报纸副刊也都不是先前那种编法，周先生的强项失去了用武之地，于是他明智而不动声色地将工作重点转向全力经营他的生活生产基地"紫兰小筑"，为时未久，这里即声名鹊起，成为园艺、盆景工作者心目中的绝顶高地，宾客盈门，络绎不绝，他老先生也得以在花木丛中享受劳动和审美的人生，比历史上著名的隐士陶渊明要滋润多了。

该转轨时就转轨，凡好汉都有这样的本领——这就是与时俱进啊。

而周先生的大本领又不止于此，在亲自栽花种草之余他又就园林艺术花花草草写下了大量的小品文字，上世纪五六十年代先后结集为《花前琐记》《花花草草》《花前续记》《花前新记》《行云集》《花弄影集》等六本小品随笔集，集外还有大量的文章，凡此种种皆由鸳鸯蝴蝶之缠绵悱恻一变而为花花草草的沁人心脾，并继续受到读者的热烈欢迎。

周先生这些小品随笔集绝版已久，现在要搜寻齐全殊非易事；近日的一大盛事是中华书局今年二月推出了一个新的汇编本，囊括《花前琐记》等六书，而总名之曰《花花草草：周瘦鹃自编小品文集》。整理此集的是当今以优质高产著称的苏州才子王稼句先生。这一份新的汇编本校订精细不苟，水准甚高，印制亦复清雅大方，与所收之美文相得益彰。一卷在手，馨香满室，令人获得审美的享受和愉悦的休息。

二

周先生小品随笔的内容，用他自己的话来说，是"除了漫谈我所喜爱的花木事以外，也谈及文学艺术，名胜风俗，等等，简直是无所不谈；一方面歌颂我们祖国的伟大，一方面表示我们生活的美满"（原本《花前琐记·前言》，汇编本《花花草草》第4页）。

这里无所不谈的重点在于下列四个方面：花草、游记、民俗、文艺。

花草盆景是周先生的最爱，他那私家花园"紫兰小筑"（外人称为周家花园）创建于二十世纪三十年代之初，其来历他曾经详细介绍过：

早年在上海居住时，往往在狭小的庭心放上一二十盆花，作眼皮供养。到得"九一八"日寇进犯沈阳之后，凑了二十余年卖文所得的余蓄，买宅苏州，有了一片四亩大的园地，空气阳光和露水都很充足，对于栽种花木颇为合适。于是大张旗鼓地来搞园艺了。……以后几年，我惨淡经营的把这园子整理得小有可观，又买下了南邻的五分地，叠石为山，掘地为池。在山上造梅屋，在池前搭荷轩，山上山下种了不少梅树，池里缸里种了许多荷花，又栽了好多株松、柏、竹子、鸟不宿等常绿树作为培衬……一年四季，差不多不断地有花看看，有果可吃了。(《花前琐记·花木之癖》，汇编本《花花草草》第62页)

这样的风水宝地花花世界，在后来的苏州，以至于更广的地域，大约只此一家，到现在以至未来都似乎难以复制。在这四亩五分的园林里，花草树木、盆景水石，丰富多彩，美不胜收，文坛耆宿随便写一点，便成妙文。

周先生在传统的江南社会生活里浸泡过很久，他又是非常关心世俗风习的，所以谈起民俗来，亦复头头是道，趣味盎然。《上元灯话》《端午景》《乞巧望双星》《送灶》诸篇，娓娓道来，皆为绝妙好辞。

周先生的游踪虽不甚远，主要是本地苏州和附近的无锡、宜兴、扬州、上海，略远一点也就是浙江、安徽、江西、广东。他的游兴甚浓，极有审美眼光，文字亦颇佳妙。地不在远，人到则灵。这一方面的华章，比较集中地见之于原本《花花草草》的第二辑和《行云集》，又散见于其他各集。偶有重复（如《花前新记》里有一篇《石公山畔小勾留》，到《花弄影集》中又有同题之作，内容大同小异），当年是收在不同的集子里的，未足为病。

文学艺术在周文中所占比重不算大，但颇有值得关注者，这里涉及陶渊明、白居易、陆龟蒙、唐伯虎、弹词《红楼梦》、越剧《梁祝》、昆曲《十五贯》、杂志《礼拜六》、苏联电影《黑孩子》等等，皆多有可观。涉及鲁迅者除专篇的《一瓣心香拜鲁迅》之外，又曾说起1956年10月他与许广平见面时的对话：

当晚在十一层楼上会见了神交已久的许广平先生，她比我似乎小几岁，而当年所饱受到的折磨，已迫使她的头发全都斑白了。许先生读了《文汇报》我那篇《永恒的知己之感》，谦和地说："周先生和鲁迅是在同一时代的，这文章里的话，实在说得太客气了。"我即忙回说："我一向自认为鲁迅先生的私淑弟子，我觉得我这一枝拙笔，还表达不出心坎里的一片景仰之忱。"（《花前新记·上海大厦剪影》，汇编本《花花草草》第319页）

《永恒的知己之感》（《文汇报》1956年10月13日）一文为纪念鲁迅先生逝世二十周年而作，主要讲他早年得到鲁迅夸奖的往事。当年他的译本《欧美名家短篇小说丛刻》报送教育部审查注册时，得到了很高评价，其评语是由教育部官员、通俗教育研究会骨干鲁迅草拟的（其弟周作人亦有贡献），该评语先报通俗教育研究会审核，再由教育部批准，于 1917 年 9 月 22 日以教育部指令的名义发表（后载于《教育公报》第四年第十五期，1917 年 11 月）；9 月 24 日又发出了由教育部次长、通俗教育研究会会长袁希涛签发的"褒状"。周瘦鹃非常重视这份荣誉，自己早年的工作得到过鲁迅的高度评价，终身感激不尽。

此事无论在鲁迅还是在周瘦鹃，都是很有意味的文化掌故。笔者曾经专门讨论过此事（详见拙作《与鲁迅有关的几部书·欧美名家短篇小说丛刻》，《新文学史料》2018 年第 2 期），这里就不去多说了。

三

整整一百年前，鲁迅还在《新青年》（第六卷第六号 1919 年 11 月 1 日）上向鸳鸯蝴蝶派作家喊话，建议不必写那种表达"哀情惨情"的小说，多介绍些外国文学中的优秀作品，这样于读者才有益。他在文章中热情地呼吁道：

江苏浙江湖南的才子们，名士们呵！诸公有这许多文才，大可译几叶有用的新书。（《热风·"随感录"六十四·有无相通》）

劝鸳蝴派才子译书，并非突发奇想，因为鲁迅知道他们是有能力译书，并且是做出过成绩的，不久前他予以高度评价的周瘦鹃译本《欧美名家短篇小说丛刻》就是眼前的一个实例。

鲁迅希望鸳鸯蝴蝶派转轨，当时该派中也确有几个人（如刘半农等）转了过来；但周瘦鹃当时没有转。周先生的转轨要等到新中国成立以后，也不是转入文学翻译，而是转到了他早就有很高兴趣有坚实基础的园艺方面。

新中国成立以后著名作家而转轨成功的高人主要是两位：北有遁入文物服饰的沈从文（1902—1988），南有隐入花草盆景的周瘦鹃。比较起来，周先生转的幅度小一点，他没有离开文学，只是转换了题材和文体；后期沈从文先生离文学很远了——他转轨转得更彻底，也可以说更明智。

沈先生隐遁于故宫的午门之内，地点虽近政治中心，却藏得深；而周先生虽然归隐于远离朝市的"紫兰小筑"私宅，却因芳声远播，宾客不绝，实际上隐得甚浅。沈先生熬过了"文革"，而周先生则未能，竟于1968年8月12日深夜投井而死。

幸而那种"史无前例"的荒唐早已成为过去，在他含冤去世的五十年后，其自编小品文集六种得到很好的整理，重新与读者相见。凡是美好的东西，总会像上品的盆景一样，老桩铁干虬枝，具有顽强的生命力。

原载《文汇报》2019年7月5日《文汇学人》第10版

"老中医"

"老中医"一词在媒体上经常出现。前两天过端午节,网上就有一篇《端午要在老中医指导下吃粽子》,赶紧打开接受指导,文章说,粽子较难消化,不能多吃,宜乎只吃一个或半个;不要吃冷的;肠胃有毛病的人最好不要吃。等等,等等。

这些意见都是很对的,虽然也只是常识,却鲜明醒目地打出"老中医"的旗号以加强其权威性。

中医是老的好。一说"老中医",就给人一种学养深厚、经验丰富、稳当可靠的印象。患者以及过节日准备吃粽子的人,总是愿意听从他的指导。

而在常见的文章或广告中,却很少见"老西医"这样的提法。西医的药物、仪器、手段总是不断地与时俱进,所以一般来说总是不标榜"老"而强调"新"。

"老中医"一词的流行,可以促使我们重新来思考传统文化的优势和局限。

原载《今晚报》2019年7月11日第9版《副刊》

吃罢鸡蛋一地鸡毛

钱锺书先生的妙喻之一,是说作品像鸡蛋,我们来欣赏品尝这个蛋就是了,不必去追寻研究下这个蛋的鸡。有佩服他著作的人要采访他研究他,凡是能拒绝的他全都拒绝。

当然,学者、作家写出作品来,情形远比母鸡下蛋要精微有趣得多,因作品而追击作者,所谓知人论世,亦自有其深刻的依据;但钱先生始终将主要的精力聚焦于观照作品本身。

他不但这样做,而且一再解释过为什么要这样做——

早在1933年发表的《中国文学小史序论》中,年轻的钱先生就声明:"本书叙述,不详身世,良以苦于篇幅狭短,姑从舍弃。而硁硁之愚,窃谓当因文以知世,不宜因世以求文。"(《写在人生边上　人生边上的边上　石语》,三联书店2002年版,第99页)他拟议中的这部《中国文学小史》似乎未及写出，甚至根本没有动手，但他关于撰写文学史的方法路径，是明确的。他后来的著作，如《谈艺录》《管锥编》以及《通感》《读〈拉奥孔〉》《中国诗与中国画》《诗可以怨》等单篇论文，无不体现了他这种一贯的思路。

到晚年，钱先生在《谈艺录》的补订中，坦陈自己研究中国古代文学一向关注"属词比事之惨淡经营"，"诗眼文心，往往莫逆冥契。至于作者身世交游，相形抑末，余力旁及而已"（《谈艺录》，中华书局1984年版，第346页）。这是很好的经验总结。

在钱先生看来，文学研究的重点在于把鸡蛋吃透，得其真味，获取营养；至于那鸡，也不妨加以研究，但仅仅是"末"节；至于鸡毛蒜皮，则可以不去多管。

可是很久以来，人们看到的情况往往是，对鸡蛋的品味探讨相当不够，而对那英雄母鸡却不断予以深究，甚至进而研究一根根的鸡毛，又逆流而上，追究到老母鸡那里去了。"红学"无多进展而"曹学"异常繁荣，一向被视为文坛盛事；"年谱长编"越来越长，细节考证越来越细，则是近年来的时新行情。

鸡蛋如故，一地鸡毛。

现在在年轻人当中很时髦的"追星族"，也正是不大注意欣赏艺术品，如电影、电视剧、歌舞、小品之类，而只是崇拜有关的明星演员，甚至刻骨铭心于他们那些无关宏旨的生活细节。匆匆吃罢鸡蛋，食而不甚知其味，匆匆转身就去热烈追捧那些母鸡——终于也是一地鸡毛。

原载《文汇报》2019年7月29日第8版《笔会》

忘我的高仿

过去临摹古人书画有"乱真"这一说，意思说摹得形神皆似，让人分不清原件和摹本。这是很高的手艺。

仿制品也可以是具体的物质产品，例如先前称为"山寨版"的种种东西。

现在又很流行"模仿秀"，模仿某歌星的演唱，模仿某相声演员的声音。记得有一次放两段录音，问哪一段出于马三立本人，哪一段是模仿秀。结果大部分回答都是错的。

有一阵什么地方卖启功墨宝，启功先生看见了，说："他比我写得好。"

所以现在又有一个词叫"高仿"——高级仿制品，卖起来也不很便宜。

我有时会这么傻想：学做乱真的高仿品，要下的功夫肯定很多；如果就用这功夫来创造自己的艺术，无论是书法绘画,还是音乐相声,岂不是也足以出类拔萃,做一个响当当的自己?为什么寄人篱下而如此忘我呢?

原载《今晚报》2019年8月10日第8版《副刊》

有错就改，改了就好

人怕出名猪怕壮，一个普通人念错一个字，不会引起注意，一般单位的标语上出现一个错字，也不会有多大麻烦；但是去年北大校庆纪念会上校长把"鸿鹄"的"鹄"念成hào，今年新生开学之际清华的标语上有"热列欢迎"的字样，那就不同了，各种批评如倾盆大雨，嬉笑怒骂，满城风雨，很热闹了一番，至今尚未结束。

这种错误实在是不应该发生的。既然错了，那就认错，改错，诚恳检讨，改了就好。

错了就是错了，不必解释，越解释，一定是越糟。关键在于改了就好，并且引以为教训，今后永不再犯这种低级错误——当然，高级错误最好也不要犯。

也不必热衷于到处传播。不就是错了一个字嘛，现在大家都很忙，这件事就让它过去吧。

原载《今晚报》2019年9月5日第12版《读吧》

舒芜批评白居易不伟大的一面

抗战胜利后到新中国成立前有一段时间，舒芜先生（1922—2009）在徐州的省立江苏学院中文系教书，同事中颇有诗人，于是他也写了不少诗，形成他又一个旧体诗创作的繁荣期。1947年顷他有一首咏燕子楼故址的七律：

黄风白草吊青春，一例芳时委暗尘。
飞土欲诛玄鸟氏，微吟难颂守楼人。
荒园惨惨魂仍在，大宙沉沉梦未真。
亘古胭脂夸北地，不堪重现女儿身。

同事管劲丞先生次韵奉和一首："楼空燕去亘千春，凭吊空梁落细尘。史笔不褒轻死士，诗章偏讽未亡人。长河移徙余沙在，旧第荒残古迹真。窃怪江州白司马，何因特重女儿身？"

徐州燕子楼之出名，以至后来成为当地一处名胜古迹，同大诗人白居易关系很大；他曾有《燕子楼三首》诗，诗前小序云：

徐州故张尚书有爱妓曰盼盼，善歌舞，雅多风态。余为校书郎时，游徐、泗间，张尚书宴予，酒酣，出盼盼以佐欢，欢甚。余因赠诗云："醉娇胜不得，风袅牡丹花。"一欢而去，迩后绝不相闻，迨兹仅一纪矣。昨日，司勋员外郎张仲素绘之访余，因吟新诗，有《燕子楼三首》，词甚婉丽，诘其由，为盼盼作也。绘之从事宁武军累年，颇知盼盼始末，云："尚书既殁，归葬东洛，而彭城有张氏旧第，第中有小楼名燕子，盼盼念旧爱而不嫁，居是楼十余年，幽独块然，于今尚在。"余爱绘之新咏，感彭城旧游，因同其题，作三绝句。

宁武军乃当时地方性的军区，治所即在彭城（徐州）；而张仲素（字绘之，769—813）曾在此任职，对张尚书及盼盼的情况相当了解，是他的来访引发白居易写出了自己的《燕子楼三首》：

满床明月满帘霜，被冷灯残拂卧床。
燕子楼中霜月夜，秋来只为一人长。

钿晕罗衫色似烟，几回欲着即潸然。
自从不舞霓裳曲，叠在空箱十一年。

今春有客洛阳回，曾到尚书墓上来。
见说白杨堪作柱，争教红粉不成灰？

盼盼的主人张尚书张愔突然于元和元年（806）死去，而白居易这三首诗当作于此后第十一年，即元和十年（815）——这样连头搭尾正是十一年；其时白居易在长安任职，司勋员外郎张仲素来访，他由此得知盼盼"念旧爱而不嫁，居是楼十余年，幽独块然"这一新闻，不免想起早先在徐州作客时盼盼奉命出来"佐欢"的情形，诗中想象盼盼后来的处境和心理，对她似乎抱有相当的同情——这自然是居高临下式的。

其实盼盼的不嫁恐怕并非出于"念旧爱"，而是不得已的。她的身份乃是那时最为低贱的家妓，只要主人不放她出去即绝无人身的自由，张愔虽死，总还有他的接班人也就是现在的主人，他们不发慈悲，盼盼就只能呆在原地，而况年纪渐渐老大，即使放出去，也很难嫁一个合适的人了——"老大嫁作商人妇"也许她还不愿意，自己虽然地位低贱，但原来的主人到底是主持一方军务的大员，这样的女人往往不肯下嫁低就。

总之这盼盼实在是当时极不合理之社会制度的一个牺

牲品，在实际生活之中一筹莫展。

那么就这样呆下去吗？白居易以为这也不大行得通，他的另外一首诗《感故张仆射诸妓》感慨说："黄金不惜买蛾眉，拣得如花三四枝。歌舞教成心力尽，一朝身去不相随！"他的意思说张大人花大把的黄金把几个女孩子买来充当家妓，又费很大力气教她们歌舞，把自己的精力都耗尽了；而一旦死去，却没有人肯随之而行！这是批评盼盼等家妓未能以身相殉了。

徐州张尚书府的家妓文化水平比较高（《云仙杂记》卷四："徐州张尚书妓多涉猎，人有借其书者，往往脂粉痕并印于青编。"），据说盼盼得知此诗后，明白白居易的意思，受不了这样的刺激，竟绝食而死（详见《唐诗纪事》卷七十八）。

白居易这一席话把家妓简直不当人看待，态度也未免太残酷了！舒芜的《访燕子楼故址》就是因白居易与盼盼的故事而作。他晚年回忆说："我不喜欢这个故事，不喜欢白居易这些诗。"对于白居易"责备她没有跟着主人死"尤其反感，在他的眼中，燕子楼是一处悲惨世界，"荒园惨惨魂仍在，大宙沉沉梦未真"。于是形之于歌咏。他高兴地看到，管劲丞先生的和诗"完全同意了我对白居易的谴责"（《舒芜晚年随想录》，人民文学出版社2013年9月版第388—389页）。

这首谴责白居易的诗在舒芜的写作生涯中具有非常

重要的地位。他老先生后来大量著作、文章的一大主题就是关心妇女的命运，笔者曾在 2005 年一篇关于《哀妇人》（安徽教育出版社 2004 年版）的书评中做过这样的归纳：

舒芜先生著作等身，涉及的方面甚广，而广博之中自有其内在的联系，一个明显的中心就是女性问题，他至少有三本书是研究这一问题的，这就是《红楼说梦》《女性的发现》和《哀妇人》……《红楼梦》是以"哀妇人"特别是哀少女为其中心的，周作人是大谈女性问题的先驱，这两者与《哀妇人》之间有着密切的联系……女性问题实在是舒芜先生学术研究和杂文写作的一大中心；曹雪芹也好，周作人也好，都与此中心密切相关。夫子之道一以贯之，这里的"一"无非就是五四以来关于人性解放、自由平等的精神。

回归五四，以女性问题的研究为着力点——这也许就是舒芜先生最近三十年来工作的基本面貌。（《"哀妇人而为之代言"——舒芜先生论女性问题的三本书》，《青岛日报》2005 年 9 月 24 日《三味书屋》副刊）

在《哀妇人》一书中，有一篇《伟大诗人的不伟大一面》（1996 年）特别引人注目，此文是就家妓问题猛烈批评白居易的。原来这位大诗人官当大了以后，家里颇养了些歌舞妓，诗中一再津津乐道，其《追欢偶作》诗中有

"石楼月下吹芦管,金谷风前舞柳枝。十载春啼变莺舌,三嫌老丑换蛾眉"等句,舒芜愤怒地斥责道:"'三嫌老丑换蛾眉'这样赤裸裸的老流氓之句,真还没有在别处见过";对白居易的"绝对男性本位",他实在不能容忍,并且进而分析说,白居易青年时代的诗还能同情弱势妇女,原是"明是非,别善恶,有同情,有理解"的,但是——

> 及至暮年,精力日衰,私欲日深,既得利益日多,而来日无多,这就往往丢掉是非善恶,只顾自己,不复关心他人的苦乐,不再考虑他人的意见……特别是在两性问题上,在男权制度下男子对女性的看法和态度上,最容易表现出来。(《哀妇人》,第370页)

通过解剖白居易这只老麻雀,舒芜先生得出了这样深刻的结论。但当我们读了他五十年前的《访燕子楼故址》诗又可以知道,白居易那种"绝对男性本位"的思想并不是到垂暮之年突然才有的,其苗头早已有之。

《舒芜晚年随想录》是一本非常有意思的书,其中多有关于思想、文学的深入思考,也涉及古代文学,文字轻松老到,没有学院派的迂腐气息,很值得一读。

原载《书屋》2019年第7期

肃静回避

旧时代县官老爷出行总是坐轿子代步,前面还有四个开道的,第一排二人,各扛一块牌子,分别大书"肃静""回避";第二排二人,手执水火棍——这意思分明是说,如果有人不守规矩,那就要挨棍子了。

这个办法后来当然是不用了,但前面有些开道的车(例如摩托车)和人,曾经比较常见的,不过近些年也都看不见了。现在比较厉害的是上面来的检查团,查公共卫生,查城市文明,查交通安全,意思都是很好的。凡是碰到这样的时候,平时在街头上修鞋、修车、缝缝补补以至沿街乞讨的,就统统不见了。

检查团一走,照来不误。敌进我退,敌退我进,弱者兵法历来如此。

其实只要不影响交通,不造成脏乱差,有点修鞋、修车的小摊子,可以让市民的生活比较方便,从业者也得以谋生，允许存在是有道理的。即使上面有人来检查，我以为也还可以照常经营——但是地段上的城管总是很不放心，远不如"肃静""回避"的好。

我认识一个修鞋师傅，他对时不时地要收摊子回避一事并无意见，说平时很辛苦，正可以趁此休息两天，只要城管事先打好招呼就行。有一次新到任的小伙子事先没有讲，弄得自己很狼狈。"这城管肯定是个新手，也太不专业了！"

原载《书屋》2019年第8期

修改旧稿的难处

近来我的主要工作是收拾旧稿,分为若干束,其中有几束大加整理,编成书稿准备出版;剩余的也略加编辑,打包挂起——总之,要在八十岁以前精力尚可之时做好收摊子的事情,以免沦为一盘散沙或一群乌合之众。

编辑之际,顺手做了若干修改,主要是改正错别字和不妥的句子、标点,删掉一些重复累赘的地方。这些都比较好办,现在时间比较宽裕,在电脑上打字也比过去初学时水平要高许多;但涉及内容和写法的地方,虽然也有许多不满意之处,但要改得好却很难——除非大动干戈,甚至彻底推倒重来,而即使如此,可能还是不容易改好。

修改旧作,技术性的操作无须伤筋动骨,是可行的,也不难,而涉及思想和笔法的改动却想不出什么好办法来。这正如我们对付旧时的照片,重印的技术水平可以有提高,而当年的风貌是无从改变的了。

务必要做好当下的自己！

改文章要在写作的当时或稍后进行。杜甫诗有句云："新诗改罢自长吟。"（《解闷十二首》其七）长吟以后还有什么要改的，就立刻再改一改。趁热打铁，一气呵成，这样效果才会好。多少年后再来打铁，晚矣。晚唐诗人郑谷有两句诗道："衰迟自喜添诗学，更把前题改数联。"（《中年》）这个办法不算好。郑谷诗的水平比杜甫差太远，改诗失之太晚，应当也是原因之一吧。

原载《书屋》2019 年第 8 期

养生无道

大约因为上了点年纪的关系，凡碰到讲养生的文章和资料都看一看，也有老同学老朋友发这方面的材料来供我参考的。看来看去，得出一个重要结论：养生其实没有什么特别的"道"，而明白这一点即是养生之道。

一般都说老年人不要多吃肉，要多吃蔬菜水果——这固然是有科学道理的；但也有百岁老寿星非肉不饱，而精神极好的。

一般都说生命在于运动；而也有不少健康老人根本不锻炼，一味静养的。

至于保健品，有的说吃这种好，有的说吃那种好；有人花了许多钱，吃了一大堆，结果反而不大好了。

许多著名的老寿星对来访者说，你想干什么就干什么，想吃什么就吃什么，始终高高兴兴的，也不要管长寿不长寿，身体肯定好。

无为而无不为。无道而实有道。

最近翻闲书,看到一则好玩的小故事:

伯父君谟,号"美髯须"。仁宗一日属清闲之燕,偶顾问曰:"卿髯甚美,长夜覆之于衾下乎?将置之于外乎?"君谟无以对。归舍,暮就寝,思圣语,以髯置之内外悉不安,遂一夕不能寝。盖无心与有意,相去适有间。凡事如此。(蔡絛《铁围山丛谈》卷四)

蔡襄(字君谟,1012—1067)有一部漂亮的大胡子,一次宋仁宗问他,为了保护这把胡子,睡觉的时候是把它放在被子里面呢,还是放在外面?蔡君谟因为平时没有注意此事,回答不出来。到当天晚上睡觉的时候,想起这个皇帝提出的问题来,赶紧用心加以研究,结果无论是放在里面还是外面,好像全都不对头,弄得一夜没有睡着觉。

未研究养生之道时,身体蛮好;研究了一大通以后,反而不知道该怎么做了。

许多事情如此。

原载《书屋》2019 年第 11 期

两句骂人的老话

骂人的话听上去难免不大文明,但既然流行,必有它的道理,是值得研究的。鲁迅先生曾经写过一篇《论"他妈的!"》,分析这一句流行甚广的"国骂",得出一系列深刻有趣的结论,给予人们很深的印象。不过这样的题目一向很少有人肯写,因为容易有不大文明的嫌疑——而其实这完全是两码事。

这里来谈两句骂人的老话,一是"混账",一是"讨债鬼"。

欠账还钱乃古今之通义,如果不讲诚信,企图赖账或久拖不还,那是不能容忍的;因为人们痛恨这种行径,就把其他不像话的做法也斥为"混账"。外延一旦扩大化,这个词也就格外流行,并且衍生出"混账东西""混账王八蛋"一类口头语来,以加重其分量,痛斥对方乃是一个情节相当严重的无赖。

"讨债鬼"则是一句专门骂小孩的话，也可以说成"小讨债"。这话新中国成立前在我的老家一带颇为流行。如果一个孩子不顾家里的困难，老是向父母要这要那，大人来火了，就拿这话来骂他们。当然也有并无骂意的，甚至可以用来表示赞美。例如同邻居或熟人说话时提到自家的小孩，有时会说"我家的讨债鬼成绩倒还蛮好"之类的话。"鬼"字一般有贬义，但"机灵鬼""小鬼"一类词语，其实乃是爱称。不过如果加一个字成为"鬼子"，那就肯定是坏人无疑了。

现在大家日子过好了，孩子又少，一般都是独生的；所以他们凡有要求，全心全意甘为孺子牛的父母几乎无不欣然予以满足（其实有时也应当说"不"，并说明其原因），更很少有骂孩子的。

至于少数业已成年，却一味依赖父母的，大家虽然不以为然，但也不骂成什么"讨债鬼"，而另造一词曰"啃老族"来指称之，态度平和得多了。凡啃老族，除情况特殊者外，大抵是一帮大事做不了小事不肯做的无志之士，也可以说是寄生在家庭里的腐败分子。中国古人是讲究"养儿防老"的，不料社会变化太快，现在竟然流行"啃老充饥"了。

粗看起来，"混账"和"讨债鬼"这两句骂人的老话似乎有些矛盾。"混账"既然完全错误，那么小家伙来讨债就是有理的，完全无可厚非，怎么又要骂他们呢。我直到最近才忽然想通这里的奥妙。大约在先前那些骂孩子的父母看来，小家伙要玩具要糖果本来都是应当满足的，让他们高高兴兴过童年是自己义不容辞的责任；只可惜家里太穷了，不得已而有点混账之意，而孩子太小，对此不能理解，往往纠缠不已，令人来火。在骂孩子的同时，贫穷的父母心里其实很不好受。唯其如此，有时"讨债鬼"一词才有可能变成爱称。

在某些骂人的老话里，不仅洋溢着清明的理性，有时还带了一点温暖的人情。

原载《书屋》2019年第11期

关于"长编"

所谓"长编",就是资料汇集的意思,在动手做一部大书之前,先把有关资料尽可能地搜集齐备,记录在案,然后就可以正式来动手了。

司马光和他的伙伴们发意编撰《资治通鉴》,先从做长编开始。现在得到很高评价的《梁任公先生年谱长编》,则是丁文江(在君)为撰写梁启超传记的准备性资料汇编,后来正式出版了。胡适在该书序言中明确指出:"在君最初的意思是要写一部现代式的《梁启超传记》,年谱不过是写传记的'长编'而已;不过是传记的原料依照年月的先后编排着,准备为写传记之用。"可惜稍后丁氏匆匆去世,拟议中的梁传未及动手,而此《长编》中多有宝贵的材料,遂单独问世了。

鲁迅在 1933 年 6 月 18 日致曹聚仁的信中写道:"我数年前曾拟编中国字体变迁史及文学史稿各一部,先从作长编入手,但即此长编,已成难事……"长编只是准备性资料而非最终成果。可惜他忙于战斗,《中国字体变迁史》和《文学史》未能从事,连长编也没有动手。

现在有一种倾向,似乎长编就是最好的成果,而如何在资料长编的基础上博观约取、提炼加工,做成"现代式"的著作,似乎倒有些忽略了。

原载《今晚报》2019年12月3日第12版《读吧》

凤凰枝文丛

三升斋随笔	荣新江 著
八里桥畔论唐诗	薛天纬 著
跂予望之	刘跃进 著
潮打石城	程章灿 著
会心不远	高克勤 著
硬石岭曝言	王小盾 著
云鹿居漫笔	朱玉麒 著
老营房手记	孟宪实 著
读史杂评	孟彦弘 著
古典学术观澜集	刘宁 著
龙沙论道集	刘屹 著
春明卜邻集	史睿 著
仰顾山房文稿	俞国林 著
马丁堂读书散记	姚崇新 著
远去的书香	苗怀明 著
汗室读书散记	王子今 著
西明堂散记	周伟洲 著
优游随笔	孙家洲 著
考古杂采	张庆捷 著
江安漫笔	霍巍 著
简牍楼札记	张德芳 著

他乡甘露	沈卫荣	著
释名翼雅集	胡阿祥	著
壶兰轩杂录	游自勇	著
己亥随笔	顾　农	著
茗花斋杂俎	王星琦	著
远去的星光	李　庆	著
梦雨轩随笔	曹　旭	著
半江楼随笔	张宏生	著
燕园师恩录	王景琳	著
鼓簧斋学术随笔	范子烨	著
纸上春台	潘建国	著
友于书斋漫录	王华宝	著
五库斋清史存识	何龄修	著
蜗室古今谈	丰家骅	著
平坡遵道集	李华瑞	著
竹外集	朱天曙	著
海外娜嬛录	卞东波	著
耕读经史	顾　涛	著